Amante por dinero
Trish Morey

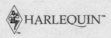

HARLEQUIN™

Editado por HARLEQUIN IBÉRICA, S.A.
Núñez de Balboa, 56
28001 Madrid

I.S.B.N.: 978-84-671-9068-7
Depósito legal: B-39199-2010
Editor responsable: Luis Pugni
Preimpresión y fotomecánica: M.T. Color & Diseño, S.L.
C/ Colquide, 6 portal 2 - 3º H. 28230 Las Rozas (Madrid)
Impresión y encuadernación: LITOGRAFÍA ROSÉS, S.A.
C/ Energía, 11. 08850 Gavá (Barcelona)
Fecha impresion para Argentina: 20.6.11
Distribuidor exclusivo para España: LOGISTA
Distribuidor para México: CODIPLYRSA
Distribuidores para Argentina: interior, BERTRAN, S.A.C. Vélez
Sársfield, 1950. Cap. Fed./ Buenos Aires y Gran Buenos Aires,
VACCARO SÁNCHEZ y Cía, S.A.
Distribuidor para Chile: DISTRIBUIDORA ALFA, S.A.

Capítulo 1

LA VENGANZA es dulce.

Andreas Xenides levantó la vista y miró hacia el edificio destartalado que se hacía llamar hotel. El viento, frío y cortante, soplaba con fuerza a lo largo de aquel estrecho callejón de Londres, y el cartel del inmueble se bamboleaba sin ton ni son.

¿Cuánto tiempo le había llevado encontrar al hombre que estaba allí dentro? ¿Cuántos años?

Sacudió la cabeza.

Los transeúntes se subían el cuello del abrigo o escondían las manos en los bolsillos, pero él seguía como si nada, ajeno a las gélidas temperaturas que azotaban la capital.

No importaba cuánto tiempo hubiera tardado. Lo importante era que por fin le había encontrado.

De pronto empezó a sonar su teléfono móvil. Su abogado había quedado en llamarlo si surgía algún problema en Santorini. Miró la pantalla y volvió a guardarse el teléfono en el bolsillo.

Nada era más importante que la razón por la cual estaba en Londres ese día. Los problemas en Santorini no eran una prioridad en ese momento y Petra debería haberlo sabido. Siguió caminando, en contra del viento y apretando los dientes. El aguanieve caía sin tregua y los transeúntes trataban de ponerse a cubierto. La calle se había convertido en un arroyuelo mugriento. Subió los peldaños y comprobó el picaporte.

Cerrado. Tal y como esperaba.

A un lado había un intercomunicador y una cámara rudimentaria para dejar entrar a aquéllos que tuvieran llave o hubieran hecho una reserva.

Sin embargo, ése era su día de suerte.

En ese preciso instante una pareja de jóvenes vestidos con ropa de deporte abría la puerta. Estaban tan disgustados por el mal tiempo que apenas se fijaron en él y Andreas pasó por delante sin mayor problema. La tarima de madera crujía bajo sus pies a cada paso y el techo se hacía cada vez más bajo. Al final de las oscuras escaleras se oía una vieja radio y el hedor a decadencia se hacía cada vez más insoportable.

Aquel lugar era casi inhabitable. Aunque el caprichoso tiempo de Londres escapara a su control, los clientes estarían mucho mejor en el otro alojamiento que les había preparado.

Al final de un corto pasillo había una puerta entreabierta. En la ventana de cristal traslúcido se podía leer el cartel de *oficina*.

Estaba tan ensimismado pensando en la conclusión del sueño que tanto tiempo había perseguido, que apenas reparó en la encorvada silueta que en ese momento se inclinaba para recoger una aspiradora; una bolsa de basura en la otra mano.

La señora de la limpieza.

Por un momento Andreas pensó que iba a decir algo al incorporarse, pero entonces se arrimó contra la puerta y le dejó pasar. Tenía oscuras ojeras bajo los ojos, el flequillo pegado a la frente por el sudor, un mugriento uniforme...

Andreas apartó la vista al pasar por su lado y contuvo la respiración. El olor a amoniaco y a cerveza era repulsivo.

Entonces ése era el servicio extra; nada sorprendente en una cloaca como aquélla. Sintió unos pasos a sus espaldas que se alejaban apresuradamente, un golpe seco de maquinaria y un grito sofocado. Pero siguió adelante. Estaba a punto de cumplir la promesa que le había hecho a su padre en su lecho de muerte y no tenía ninguna prisa. Tenía que saborear el momento intensamente. Se detuvo un instante, tomó consciencia de la realidad y deseó con todas sus fuerzas que su padre hubiera estado allí. Sin embargo, estuviera donde estuviera, su padre sabía que era el momento.

Empujó la puerta con dos dedos y dejó que se abriera suavemente. Las viejas bisagras chirriaban con estridencia, anunciando así su llegada. Entró en la habitación, pero el hombre, sentado en la penumbra detrás del escritorio, ni siquiera levantó la vista. Estaba demasiado ocupado haciendo anotaciones en un impreso de apuestas. Con la otra mano sostenía un teléfono.

Andreas apretó los puños y trató de contener el impulso de abalanzarse sobre él. Por mucho que deseara destrozarle en mil pedazos, tenía a su disposición maneras más sofisticadas de darle su merecido y de hacer justicia.

—Siéntese —dijo de pronto el individuo, apartándose el teléfono de la oreja un instante y señalando un pequeño sofá—. Sólo será un momento.

—*Kala ime orthios* —contestó Andreas entre dientes—. Estoy bien así, si no le importa.

De repente el hombre levantó la vista. Tenía el rostro pálido como la muerte y el único rastro de color estaba en sus ojos enrojecidos.

El auricular del teléfono cayó sobre la base con un golpe seco.

Sin dejar de mirarlo ni un instante, echó la silla hacia atrás, pero se topó con la pared. No había escapatoria posible en aquel diminuto despacho.

—¿Qué estás haciendo aquí? —le preguntó, levantando la barbilla como si no hubiera intentado escapar un momento antes.

Andreas cruzó la estancia y se detuvo ante la mesa del escritorio, amenazante. Agarró un abrecartas y empezó a examinar el filo de la hoja.

Darius lo observaba con nerviosismo.

–Ha pasado mucho tiempo, Darius. ¿O prefieres que te llame Demetrius? ¿O quizá Dominic? Realmente es difícil mantenerse al día. Cambias de nombre como cambias de chaqueta.

El hombre se relamió los labios y empezó a mirar a ambos lados.

El tiempo pasaba sin contemplaciones. El que un día había sido amigo de su padre había envejecido notablemente. Debía de tener unos cincuenta y pocos, pero su pelo se había vuelto escaso y canoso, y sus rasgos vigorosos parecían haberse consumido hacia dentro. La desarrapada chaqueta de punto que llevaba puesta le quedaba un poco grande y colgaba de sus huesudos hombros como de una percha.

El paso de los años no lo había tratado bien, pero Darius tampoco hubiera merecido otra cosa.

El viejo volvió a mirarlo a los ojos y entonces Andreas reconoció aquella mirada fiera que en otra época le había caracterizado; un resplandor que delataba su alma corrupta.

–¿Cómo me has encontrado?

–Eso es lo que siempre me ha gustado de ti, Darius. Tú vas directamente al grano. Nada de trivialidades ni rodeos.

–Me da la impresión de que no has venido hasta aquí para hablar del tiempo.

–*Touché* –dijo Andreas, rodeando la habitación y mirando a su alrededor–. Tengo que admitir que no me ha sido fácil encontrarte. Te cubriste muy bien las espaldas en Suramérica. Muy bien. Te perdimos la pista en México –Andreas miró hacia la alta ventana del sótano. Las gotas de aguanieve se mezclaban con la mugre del cristal, empañándolo aún más–. Y pensar que todavía podrías estar allí disfrutando del buen tiempo. Nadie pensaba que fueras tan tonto como para volver a Europa.

Un destello de resentimiento brilló en las pupilas de Darius.

–A lo mejor me harté de los frijoles –le dijo, haciendo una mueca desafiante. El perro hambriento ya estaba suelto.

–Según tengo entendido, se te acabó el dinero. Mujeres y malos negocios... –Andreas se inclinó sobre el escritorio y recogió un impreso de apuestas que estaba sobre él–. Y lo demás lo perdiste en el juego. Todo es dinero, Darius. Todos esos millones... Y esto... –señaló a su alrededor–. Esto es todo lo que te queda.

El viejo lo fulminó con la mirada.

–Parece que a ti te ha ido muy bien –le dijo, mirando su abrigo de cachemira y sus zapatos hechos a mano.

Andreas apretó los puños una vez más y trató de mantener la compostura.

–¿Tienes algún problema con ello?

–¿Es por eso que has venido? ¿Para regodearte? –preguntó Darius–. ¿Para verme convertido en esto? –dijo, señalando a su alrededor–. Muy bien. Ya me has visto. ¿Contento? ¿No dicen que el éxito es la mejor venganza?

–Ah, ahí es dónde se equivocan –dijo Andreas, sonriendo por primera vez–. El éxito no es en absoluto la mejor forma de venganza.

El hombre lo miró con ojos penetrantes, llenos de miedo.

–¿Y eso qué significa?

Andreas se sacó unos documentos de la solapa del abrigo.

–Ésta... –dijo, abriendo las hojas–. Ésta es la mejor venganza.

El rostro de Darius se transfiguró en cuanto reconoció los documentos financieros que había firmado una semana antes.

–¿Es que no leíste la letra pequeña, Darius? ¿No te preguntaste por qué iban a ofrecerte tanto dinero por esta cloaca a la que llamas hotel con unas condiciones tan ventajosas?

Darius tragó con dificultad.

–¿No sospechaste que había gato encerrado? La financiera es mía. Yo te presté el dinero, Darius, y quiero que me pagues. Ahora.

–No puedes... No puedes hacer esto. No dispongo de tanto dinero en este momento.

Andreas arrojó los papeles sobre la mesa.

–Sí que puedo hacerlo. Tú verás cómo te las arreglas, pero si no puedes pagarme en el día de hoy, estarás incumpliendo con los términos del préstamo y se considerará como un impago. Bueno, ya sabes lo que eso significa.

–¡No! Sabes que no hay forma... –desesperado, Darius comenzó a examinar las páginas una tras otra, intentando buscar un resquicio, una salida, una alternativa... De repente sus ojos se fijaron en una cláusula que no dejaba lugar a dudas–. No puedes hacerme esto. Es peor que robar.

–Tú eres todo un experto en ese campo, Darius, pero, de una forma u otra, este hotel me pertenece. Y hoy mismo va a cerrar. Hoy mismo.

Darius lo miró con horror y Andreas sonrió.

La venganza se sirve en frío... y es un plato tan dulce...

Capítulo 2

ESTABA tocando fondo. Cleo Taylor lo sabía muy bien. Tenía un terrible dolor de cabeza y un oscuro moretón en la espinilla. Se había dado un buen golpe con la aspiradora.

Llevaba tres semanas en el trabajo, pero ya estaba agotada, tanto física como mentalmente.

Miró el reloj. Sólo eran las cinco de la tarde, pero el sueño apenas le permitía mantenerse en pie.

Dejó la máquina en el suelo y se desplomó sobre aquel camastro estrecho. Los chirridos del colchón la despertaban en mitad de la noche cada vez que se daba la vuelta.

Su Karma. Ése tenía que ser su Karma.

¿Cuántas personas habían tratado de aconsejarla? ¿Cuántas le habían dicho que tuviera cuidado y que no se apresurara?

Muchas.

Y sin embargo, ella había sido lo bastante estúpida como para no escuchar sus advertencias. ¿Cómo había podido pensar que sentían celos de ella porque había encontrado el amor en el lugar más insospechado y recóndito, a través de un chat de Internet?

Aquel arrebato inocente y ciego le estaba saliendo muy caro, pero no podía negar que se merecía su suerte. Había creído en Kurt como una tonta; todas aquellas historias que se sacaba de la manga, promesas de amor... ¿Cómo había podido dejarse engatusar hasta el punto de entregarle el corazón y también el dinero de su pobre abuela?

«Cleo Taylor, un fracaso en proyecto...».

Aquellas viejas palabras aún retumbaban en su memoria, y lo peor era que al fin y al cabo había terminado dándoles la razón a las chicas falsas y artificiales cuya amistad se había esforzado tanto por conseguir durante el instituto. Pero ellas nunca habían sido sus amigas de verdad.

Una tromba de aguanieve rebotó contra la diminuta ventana que estaba sobre la cama y Cleo se estremeció.

«Menos mal que estamos en primavera...», se dijo con ironía.

Pensó en salir un rato de la habitación, pero entonces decidió esperar un poco. No quería volver a encontrarse con aquel hombre en el pasillo.

Un gélido escalofrío la recorrió de pies a cabeza al recordar aquellos ojos huecos y oscuros que la habían mirado de arriba abajo en una fracción de segundo. No había ni un atisbo de cordialidad en ellos, pero sí había fiereza y desprecio. Aquel desconocido había pasado de largo sin siquiera darle los «buenos días», como si fuera una pordiosera de la calle.

No obstante, tenía que hacer un esfuerzo por levantarse. Todavía no podía permitirse un descanso. Se había levantado a las cinco de la mañana para preparar desayunos y después se había puesto a limpiar habitaciones hasta las cuatro de la tarde. Olía a cerveza vieja y tenía el uniforme sucio; cortesía de unos estudiantes que llevaban tres días de fiesta alojados en la habitación contigua.

Cómo odiaba limpiar aquella habitación, oscura y húmeda. El baño se caía a pedazos, el moho se comía las paredes, y un hedor infame brotaba de los sumideros, recordándole a cada instante lo bajo que había caído.

Aquellos estudiantes tan formales y recatados habían puesto la habitación patas arriba. Las camas estaban hechas un desastre, la basura se desbordaba por todos los rincones y un sinfín de botellas de cerveza y cajas de comida a domicilio decoraban toda una esquina de la pared; una pequeña pirámide de desechos.

«La Torre de Pizza...».

Alguien había escrito aquellas palabras en la pared, y la «obra de arte» había terminado desplomándose sobre ella, bañándola en inmundicias.

«No me extraña que me haya mirado como si fuera escoria», se dijo, cansada y asqueada.

Haciendo un esfuerzo, se levantó de la cama, agarró la toalla y se dirigió hacia el cuarto de baño del primer piso.

¿Qué le importaba lo que pudiera pensar un extraño al que jamás volvería a ver? Diez minutos más tarde se habría dado una ducha y estaría acurrucada en la cama, durmiendo plácidamente.

Eso era todo lo que le importaba en ese momento.

La lluvia golpeaba con fuerza el cristal de la puerta de entrada, pero lo importante era que tenía un techo sobre su cabeza, tal y como solía decirle su abuela.

«Siempre hay esperanza al final del camino...».

Cleo todavía era capaz de recordar su dulce voz, y también cómo la mecía sobre su regazo después de un mal día en el colegio; cuando se había caído y se había hecho heridas en las rodillas, o cuando las chicas se habían metido con ella por el uniforme, hecho a mano por su madre. Aunque su familia era muy pobre, ella siempre había encontrado cariño en casa; siempre había sido capaz de ver un atisbo de esperanza al final del camino.

Siempre... O casi siempre...

Suspirando, recibió con alivio el agua caliente que acariciaba sus cansados huesos. Una ducha caliente, un techo sobre su cabeza y una cama para descansar... Las cosas siempre podían ponerse peor.

Además, pronto llegaría el verano y tendría tiempo de ver algo de Londres antes de regresar a casa. No tenía ninguna prisa. Con lo que le pagaban aún pasaría mucho tiempo antes de que pudiera comprar un billete de vuelta a Australia. ¿Cómo había sido tan estúpida de confiarle su dinero a Kurt? De repente sintió una ola de nostalgia. Tan sólo seis semanas antes estaba en la pequeña ciudad de Kangaroo Crossing, llena de amor e ilusiones... Ojalá pudiera volver a casa. Ojalá no se hubiera ido nunca. Habría dado cualquier cosa por volver a abrazar a su madre y a sus hermanastros en ese preciso instante. ¿Pero cómo iba a ser capaz de dar la cara después de todo lo ocurrido? Iba a sentirse más humillada que nunca.

Una fracasada...

«La esperanza... Busca esperanza al final del camino», se dijo a sí misma rápidamente, acurrucándose bajo las mantas y poniéndose su máscara de noche. Tenía diez horas de descanso por delante antes de tener que empezar de nuevo.

—Pero no puedes cerrar el hotel —dijo Darius, indignado—. Hay reservas. ¡Huéspedes!

—Me ocuparé de ellos, y también de los empleados —Andreas abrió el teléfono móvil, hizo una llamada breve y volvió a guardárselo en el bolsillo—. Estoy seguro de que los huéspedes no tendrán inconveniente en ser trasladados a un hotel de cuatro estrellas, y los empleados recibirán un generoso finiquito —miró a su alrededor con desprecio—. No creo que haya ningún tipo de queja. Y ahora quiero que salgas de aquí. El personal está a punto de entrar para ocuparse de todo. El hotel estará vacío en menos de dos horas.

—¿Y qué pasa conmigo? —preguntó Darius—. ¿Qué se supone que voy a hacer? Me dejas sin nada. ¡Nada!

Andreas se dio la vuelta lentamente y esbozó una sonrisa maligna.

–¿Qué pasa contigo? –repitió–. ¿Cuántos millones le robaste a mi padre? Tú dejaste sin nada a mi familia, pero entonces no te importó en absoluto, así que, ¿por qué tendría que importarme a mí? Tienes suerte de que te deje marchar sin más.

En ese momento sonó el timbre del intercomunicador y Darius vio a un equipo de personas a través del monitor de seguridad.

–Déjalos entrar, Darius.

El viejo vaciló un instante antes de apretar el botón

–¡Puedo ayudarte! –dijo de repente, uniendo las manos en un gesto de súplica–. No necesitas a todas esta gente. Conozco este hotel y... Lo siento. Siento mucho todo lo que pasó hace años. Fue un gran error... un malentendido. Tu padre y yo éramos buenos amigos, socios... ¿Eso no tiene ningún valor para ti?

Andreas respiró hondo.

–Tiene el mismo valor que mi padre tenía para ti. Fuera. Tienes menos de diez minutos. Y después no quiero volver a verte en toda mi vida.

Darius supo que no había nada que hacer, así que agarró sus pocas pertenencias de mala gana y salió por la puerta al tiempo que entraba el nuevo personal.

En ese momento empezó a sonar su teléfono móvil, pero Andreas se tomó un instante para saborear la victoria. Darius lo había perdido todo a manos del hijo del hombre al que había arruinado tantos años antes...

El plato de la venganza era doblemente dulce, sobre todo porque su padre no estaba allí para ver la cara del hombre que le había hecho tanto daño.

Al ver el número que parpadeaba en la pantalla, frunció el ceño. ¿Petra, otra vez?

–¿*Ne*?

–¡Andreas!

–¿Qué sucede?

–Oh, he estado tan preocupada por ti. ¿Qué tal todo en Londres? ¿Todo está saliendo como esperabas?

Andreas sintió un pinchazo de rabia.

–¿Por qué me llamas, Petra?

Hubo una pausa.

–¡El acuerdo Bonacelli! Ya tengo los papeles que tienes que firmar.

–Eso ya lo esperaba. Y ya te dije que los firmaría cuando regresara.

–Y también ha llamado Stavros Markos –dijo a toda prisa–. Quiere saber si pueden reservar el Caldera Palazzo al completo para la boda de su hija en junio. Va a ser todo un acontecimiento. Sólo quieren lo mejor, así que les dije que no había problema, pero tendré que rechazar otras solicitudes.

–Petra –dijo Andreas, interrumpiéndola–. Ya sabes que no hay ningún problema. No tienes que llamarme para confirmar. ¿Qué es lo que pasa? ¿Hay algo más?

Se hizo un silencio al otro lado de la línea y entonces Petra se echó a reír de una manera extraña.

–Lo siento, Andreas. Puede que sea una estupidez, pero te echo de menos. ¿Cuándo crees que volverás?

Andreas se puso tenso. Aquellas llamadas constantes ya empezaban a incomodarle sobremanera. Masculló una respuesta rápida y cerró el móvil sin más.

–¿Qué demonios te pasa, Petra? –se dijo en voz alta después de guardarse el teléfono.

Ella, de entre todas las mujeres con las que había estado, debería haber sabido que él no era de los que se comprometían. Ella había sido testigo de la larga lista de mujeres que habían pasado por su vida, y era ella quien les mandaba las flores y les compraba las joyas.

Sin embargo, no podía sino admitir que había cometido un gran error con ella. Había roto la regla de oro y se había involucrado con una de sus empleadas.

Miró a su alrededor y suspiró. Por primera vez, después de tantos años, no sentía el peso de la venganza sobre los hombros. Su trabajo allí había concluido. Había saldado una cuenta pendiente y Darius ya era historia.

Todo estaba bajo control.

Sin embargo, Petra tendría que irse. Había sido su mano derecha durante mucho tiempo; una empleada ejemplar... Pero lo que había entre ellos era sólo sexo y tenía que hacérselo entender cuanto antes. Los planes de boda no eran para él y la mejor manera de dejarle las cosas claras era volver a Santorini con otra mujer colgada del brazo.

«Un clavo saca a otro clavo...», pensó con un toque de crueldad.

Dio media vuelta, se dirigió hacia la puerta y entonces oyó el grito...

Capítulo 3

AQUEL sonido estruendoso sacudió el sótano del hotel y fue seguido de un torrente de palabras incomprensibles. Andreas echó a correr y llegó al pasillo en menos de cinco segundos.

–¿Qué demonios pasa?

Uno de sus empleados salía de la habitación a toda prisa, huyendo de la zapatilla que se estrellaba contra la pared opuesta tan sólo un segundo después.

–No tenía ni idea de que hubiera alguien aquí –dijo el hombre, intentando defenderse–. En los planos figuraba como un cuarto de lavandería. Y no son más que las seis. ¿Qué hace alguien en la cama a estas horas y en un sitio como éste?

–¡Fuera! –gritó una voz–. O llamo al gerente. ¡Llamaré a la policía!

Andreas hizo apartarse al empleado.

–Yo me ocupo.

Entró en la diminuta habitación y agachó la cabeza para no darse con las escaleras que atravesaban una parte del techo. Una lúgubre bombilla iluminaba aquel siniestro lugar que olía al cuarto de la fregona.

Ella estaba sentada sobre la cama, apoyada contra la pared y tapada hasta el cuello con unas mantas. En la mano tenía la otra zapatilla y parecía dispuesta a arrojársela a la cabeza, a juzgar por aquellos ojos grandes y enajenados que lo miraban con temor. Sobre la frente llevaba una máscara de noche de satén rosa con la palabra «princesa» bordada.

«Qué ironía...», pensó Andreas, mirándola de arriba abajo.

Aquella loca de aspecto desaliñado y pelo mugriento no podía estar más lejos de ser una princesa.

De repente reparó en una aspiradora que estaba apoyada a los pies de la cama y entonces vio el uniforme sobre el radiador.

La mujer de la limpieza... La misma que apestaba a cerveza en el pasillo un rato antes.

—Le pido disculpas si mi gente la ha despertado —dijo Andreas, intentando contener la sonrisa que amenazaba con asomarse a sus labios. La mujer debía de tener una buena borrachera—. Le aseguro que nadie quiere hacerle daño. Es que no sabíamos que hubiera alguien aquí.

—Bueno, es evidente que sí hay alguien y su gente no debería entrar así como así en habitaciones ajenas. ¿A qué demonios están jugando? ¿Quién es usted? ¿Dónde está Demetrius?

Andreas levantó ambas manos en un gesto de paz. A juzgar por su acento, debía de ser australiana o neozelandesa, pero hablaba demasiado deprisa como para estar seguro.

—Creo que debería calmarse un poco para que podamos hablar.

Ella levantó la zapatilla.

—¿Calmarme? ¿Hablar? Usted y su empleado no tienen derecho a irrumpir en mi habitación. Y ahora salga de aquí si no quiere que vuelva a gritar.

Andreas se quedó perplejo. La mujer se aferraba a aquellas mantas como si le fuera la vida en ello. ¿Cómo podía creer que iba a atacarla?

—Me voy —dijo finalmente—. Pero sólo para que pueda vestirse. Salga cuando esté lista para hablar. Es imposible razonar con una mujer enterrada bajo un montón de mantas y disfrazada como un payaso.

La mujer lo miró boquiabierta.

–¿Cómo se atreve? No tiene derecho a estar aquí. No tiene ningún derecho.

–¡Tengo todo el derecho del mundo! Ya he perdido demasiado tiempo. Ahora vístase. La veré en la oficina dentro de unos minutos y entonces hablaremos.

Dio media vuelta y justo antes de salir sintió algo que volaba en su dirección. Rápidamente se agachó y cerró la puerta tras de sí, justo a tiempo para esquivar la otra zapatilla.

«Maldito Darius...», masculló para sí y fue hacia el despacho, pensando en el desastre que el viejo había dejado tras de sí.

Unos segundos más tarde sintió a alguien a sus espaldas y, al darse la vuelta, se encontró con una joven en vaqueros y camiseta, descalza y malhumorada.

–¿En qué puedo ayudarla? –le preguntó con un suspiro de cansancio.

–Dígamelo usted. Usted ha sido quien me ha dicho que viniera.

Andreas parpadeó. ¿Ésa era la mujer de la limpieza, la loca del cuarto de la fregona que gritaba sin control?

–Cierre la puerta, por favor –le dijo, apoyándose en el borde del escritorio y observándola con atención mientras ella le obedecía.

Se había quitado aquel horrendo pijama y se había puesto unos vaqueros desgastados y una camiseta de manga larga que acentuaban unas curvas femeninas y bien formadas.

Jamás hubiera imaginado encontrarse con semejante sorpresa bajo aquel montón de mantas, pero lo cierto era que aquellos vaqueros de cintura baja realzaban cada centímetro de unas caderas exquisitas, y bajo aquella camiseta se insinuaban unos pechos muy bien hechos.

Todavía tenía oscuras ojeras bajo los ojos, pero parecía muchos años más joven que aquel adefesio destartalado con el que se había cruzado en el pasillo.

Con pelo recogido en un moño improvisado y la cara lavada, sus rasgos resultaban bastante llamativos, y aunque no fuera hermosa, sí debía de tener algún arreglo con un poco de esfuerzo por su parte.

La joven lo atravesó con una mirada y cruzó los brazos, realzando así unos pechos turgentes y llamando su atención.

No era de extrañar que hubiera aparecido tan rápidamente. Ni siquiera se había molestado en ponerse un sujetador.

Cleo se estremeció bajo su penetrante mirada. ¿Qué problema tenía con ella? Había hecho lo que le había pedido. Había renunciado a su ansiado descanso y había acudido al despacho, pero, ¿para qué? ¿Para que la mirara como si fuera un filete expuesto en el mostrador de una carnicería?

Incómoda e inquieta, la joven se frotó los brazos para calmar el extraño cosquilleo que le subía por debajo de la piel y le endurecía los pezones.

«Maldito imbécil...», pensó para sí, ansiosa por salir de allí. Aquel desconocido desprendía arrogancia por los cuatro costados y ya se le estaba agotando la paciencia que había reunido antes de salir de la habitación.

—¿Me va a explicar qué está ocurriendo, o es que va a seguir mirándome toda la noche? —le dijo, mirando a su alrededor—. ¿Dónde está Demetrius?

—El hombre al que conoce como Demetrius se ha ido.

—¿Pero de qué está hablando? ¿Adónde se ha ido? ¿Cuándo vuelve?

—No va a volver. Ahora el hotel me pertenece.

Cleo sintió un gélido escalofrío que la atravesó como un rayo de la cabeza a los pies.

Fuera lo que fuera, las cosas debían de haber sido muy rápidas. Esa misma tarde había oído a su jefe hablando por teléfono, justo antes de que apareciera aquel extraño de ojos fríos y feroces.

La joven tragó en seco y trató de mantener la compostura.

–¿Y entonces de qué se trata todo esto? ¿Es una especie de entrevista? Muy bien, me llamo Cleo Taylor y llevo tres semanas limpiando este hotel, y preparando desayunos. Demetrius debe de haberle dicho...

–Demetrius no me dijo nada. No figura en la lista de empleados que tenemos.

–¿Qué? Bueno, Demetrius me pagaba en metálico. Dijo que era mejor para los dos.

–Oh, claro, por supuesto que sí.

Andreas entendía por qué. Darius debía de quitarle medio sueldo a cambio de cama y comida.

Ella se encogió de hombros, confusa.

–Entonces... Aún necesita alguien que limpie, ¿no?

–No exactamente.

–Muy bien, puedo hacer otras cosas. Me levanto a las cinco para preparar los desayunos...

–No estoy buscando una señora de la limpieza, o una ayudante de cocina.

–Pero el hotel...

–Va a cerrar.

De repente un miedo creciente se apoderó de la joven. Aquél no era el mejor trabajo del mundo, pero por lo menos tenía algo de comer y un lugar donde vivir.

–Entonces me quedo sin trabajo.

Él asintió con la cabeza y Cleo cerró los ojos un instante, desesperada. La lluvia seguía cayendo con fuerza al otro lado de la ventana.

–¿Cuándo? –le preguntó en un susurro–. ¿Cuánto tiempo tengo?

–Hasta esta noche. Tiene dos horas para recoger sus cosas y marcharse. Los huéspedes van a ser trasladados a otro hotel y mañana a primera hora entrarán los contratistas y decoradores para empezar con las obras.

–¿Esta noche? ¿Va a cerrar tan rápido? –el pánico se

convirtió en rabia–. No. ¡No puede entrar aquí y hacer algo así!

–¿No? ¿Y por qué no? No creo que le tuviera mucho aprecio a su jefe. Desde luego él a usted no le tenía ninguno.

–No, maldita sea. Me ha llevado todo el día limpiar este inmundo lugar, cada habitación, de arriba abajo, ¿y ahora me dice que va a cerrar esta misma noche? Podría haberme marchado a primera hora de la mañana, pero ha tenido que esperar hasta ahora para presentarse aquí. Muchas gracias. ¡Bien podría haberme ahorrado el esfuerzo! –levantó ambos brazos y gesticuló con impotencia.

Sin embargo, lo que llamó la atención de Andreas no fue aquel drama apasionado, sino el delicado movimiento de sus pechos, firmes y redondos. ¿Serían igual de apetecibles al descubierto? ¿Le cabrían en las manos tal y como imaginaba?

Por increíble que fuera, se sentía muy intrigado ante aquella misteriosa joven y tenía que satisfacer su curiosidad de alguna manera.

–¿Está enfadada porque se ha pasado todo el día limpiando? ¿No se supone que es su trabajo?

Ella trató de contener las lágrimas que le agarrotaban la garganta.

–Ya... Si supiera lo que es limpiar un sitio como éste. He tenido el peor día de toda mi vida. ¿Qué le parecería que se le cayera encima un montón de basura maloliente y terminar apestando a cerveza y a pizza de tres días? Oh, pero... Claro. Ahora llega usted y me dice que no me tenía que haber molestado.

Andreas levantó la vista sorprendido.

–¿Es que no bebe cerveza? Pensaba que era australiana –dijo, interrumpiéndola.

–¿Y eso me convierte en una alcohólica? No, desde luego que no. Para su información, no bebo cerveza. No soporto su sabor. Y... –Cleo retomó el hilo rápidamente–. Y me saca de la cama, me dice que ya no tengo trabajo y que me tengo que ir. ¡Y me echa a la calle en mitad de una tormenta! –señaló la ventana–. ¿Qué clase de hombre es usted?

Andreas montó en cólera. No iba a dejar que una zarrapastrosa mujer de la limpieza arruinara uno de los días más redondos de toda su vida.

–Un hombre de negocios –le espetó en un tono implacable.

–Bueno, ya veo. ¿Pero qué clase de negocio es ése que le permite arrojar a mujeres inocentes a la calle en una noche como ésta?

A Andreas se le agotó la paciencia. Ya había oído bastante.

–Seguro que tiene algún sitio adonde ir –dijo, dando media vuelta y fingiendo quitarse una pelusa de la manga del abrigo.

–Sí. Y está a veinte mil kilómetros de distancia. ¿Cómo quiere que llegue? ¿Caminando?

–Cómprese un billete de avión.

–¿Cree que trabajaría en un lugar como éste si pudiera permitirme un billete de vuelta?

–¿De verdad es necesario ser tan melodramática?

–No. No es necesario. Estoy de broma –dijo con ironía y entonces respiró hondo–. Mire, ¿por qué no puedo quedarme aquí? Sólo por esta noche. Me iré mañana a primera hora. Le doy mi palabra. A lo mejor deja de llover para entonces.

–El hotel va a cerrar. Cierra sus puertas esta noche para que los contratistas y decoradores puedan entrar mañana por la mañana. El trato decía que nos entregaban el hotel vacío.

–¡Pero nadie hizo ningún trato conmigo!

–Yo lo estoy haciendo ahora.

–¿Entonces adónde van los huéspedes? ¿Por qué no puedo ir yo con ellos?

Andreas estuvo a punto de interrumpirla, pero ella levantó una mano.

–No como huésped. Seguro que necesitarán un refuerzo en la limpieza con este aluvión de huéspedes.

Él masculló algo en griego, algo que sonaba como un juramento.

–Llamaré, pero no le prometo nada. Mientras tanto, recoja sus cosas. Imagino que eso no le llevará mucho tiempo.

–¿Y si no tienen ningún trabajo?

–Entonces no puedo ayudarla.

–¿Ya está?

–Ya está.

Cleo se llevó las manos a la cabeza y respiró profundamente.

–¿Y qué pasa con lo que me deben? –le preguntó, clavándole la mirada–. ¡Demetrius me debe más de una semana! Y tengo derecho a un finiquito, incluso aunque me estuviera pagando en mano.

Andreas maldijo a Darius una vez más.

–¿Cuánto le deben?

Cleo hizo las cuentas rápidamente.

–Cincuenta –dijo, redondeando la cifra.

Él se sacó un fajo de billetes del bolsillo, sacó unos cuantos del montón, añadió algunos más y entonces se los dio en la mano.

Cleo miró el dinero con ojos perplejos. A ella nunca se le habían dado bien las matemáticas, pero era más que evidente que allí había mucho más de lo que se le debía.

–¡No puedo aceptarlo! Aquí hay mucho más.

–Entonces considérelo un extra por hacer lo que le pido y salir de aquí cuanto antes. Llámele finiquito, si quiere. Ahí tiene suficiente para buscar alojamiento esta noche y, si hace buen uso de él, tendrá hasta para una semana. Bueno, vaya a recoger sus cosas.

Cleo lo miró un instante en silencio, como si estuviera dispuesta a seguir con la discusión. Sin embargo, finalmente se lo pensó mejor, dio media vuelta y se dirigió hacia la puerta.

Andreas seguía cada uno de sus movimientos con la mirada.

Justo antes de salir por la puerta se detuvo y se volvió hacia él.

—Iré a recoger mis cosas —le dijo, con las mejillas encendidas y los ojos rabiosos—. Me gustaría decir que ha sido un placer conocerlo, pero me temo que no es posible. Le dejaré la llave en la puerta, aunque es evidente que no la necesita —dijo y salió con la frente bien alta.

Andreas se quedó inmóvil un momento, pensativo. Una simple limpiadora... Aquella mujer no tenía nada que ver con las princesas a las que él estaba acostumbrado. Y sin embargo... Había algo en ella; el fuego que ardía en aquella mirada había rozado su coraza de hielo.

—Maldita sea, maldito Darius... —masculló, furioso.

El viejo le había dejado un largo rastro de trapos sucios que lavar.

Se pasó la mano por el cabello y trató de recuperar la perspectiva. Ella tenía razón hasta cierto punto. Él, más que ninguna otra persona, sabía muy bien lo que era quedarse sin nada, sin un techo bajo el que guarecerse. Abrió el teléfono móvil, buscó el número del gerente del hotel y llamó sin más dilación.

—Soy Andreas. ¿Hay alguna vacante de limpiadora o de ayudante de cocina? Tengo a alguien aquí que necesita trabajo, preferentemente de interna.

El gerente guardó silencio un instante.

—Claro. Por supuesto —dijo después. Cuando se trataba del mismísimo Andreas Xenides no se pedían ni recomendaciones ni referencias–. Además tenemos una cama libre en una habitación compartida.

Andreas respiró aliviado y trató de recuperar la satisfacción que había sentido al consumar su venganza. Sin embargo, por alguna extraña razón, había algo que no le dejaba disfrutar del momento que tanto tiempo había esperado.

Suspiró una vez más y se dispuso a darle la buena noticia a la chica. Su coche lo estaba esperando fuera y tenía mucho trabajo que hacer.

Al salir del despacho se la encontró en el pasillo, saliendo de la habitación con una enorme mochila que debía de pesar el doble que ella.

Se inclinó y se la quitó de las manos con facilidad.

–Ya veo que es tan rápida haciendo maletas como cambiándose de ropa.

Ella levantó la vista y se ruborizó.

–Por favor, no hace falta que lleve eso. No después de todas las cosas que le he dicho. Me temo que no he sido precisamente amable con usted. Lo siento... Ha sido muy generoso conmigo. Es que he tenido un día muy duro.

–Le he conseguido un trabajo.

Ella abrió los ojos.

–¿En serio?

Andreas la miró fijamente y entonces se dio cuenta de que sus ojos eran azules; tan azules como los primeros rayos de luz de un amanecer en Santorini; la promesa de un nuevo día...

–Es estupendo. Muchas gracias –dijo ella, sonriendo–. ¿Es un trabajo de limpiadora? ¿Puedo quedarme allí?

Andreas se sorprendió. Era la primera vez que la veía sonreír, pero su sonrisa era como encender una luz en aquel siniestro lugar; una luz que obnubilaba todos los demás pensamientos.

Ofuscado, tosió varias veces y trató de retomar el hilo.

—El trabajo viene con alojamiento incluido.

—Oh, no me lo puedo creer. Siento mucho todas las cosas que le dije. Lo siento de verdad —se sacó de un bolsillo los billetes que él le había dado un momento antes y se los puso de vuelta en la mano—. Tome. No puedo aceptar esto. Ya no voy a necesitarlo.

Estupefacto, Andreas la miró a los ojos sin dar crédito a lo que acababa de oír.

¿Una mujer que rechazaba un fajo de billetes?

Eso era algo que jamás había visto en toda su vida.

Capítulo 4

QUÉDESELO –dijo Andreas, agarrándole la mano y empujando hacia ella–. Seguramente necesitará ropa nueva en su nuevo empleo.

Cleo contempló los billetes arrugados un momento. El tacto de su mano había sido tan cálido y suave.

–Oh, claro, un uniforme.

–Algo así –dijo él, dándose la vuelta rápidamente–. Vamos, tengo un coche esperando fuera. La llevo.

Se echó la enorme mochila a la espalda y subió las escaleras que conducían a la puerta de entrada. En cuanto salieron al exterior, el chófer le quitó el bulto de encima y sostuvo un paraguas sobre ellos para que no se mojaran.

Profundamente intrigada, Cleo contemplaba la escena.

«¿Quién es este hombre?...», se preguntó.

Una fila de pequeños autocares aguardaba fuera con el motor en marcha y los últimos huéspedes en llegar al hotel estaban subiendo rápidamente. El humo de los tubos de escape se convertía en niebla bajo la lluvia.

Cleo echó a andar hacia el último vehículo de la fila.

–No –dijo él–. Éste es el nuestro.

La joven miró hacia donde él señalaba y entonces sintió que el corazón le daba un vuelco. Sin duda aquel hombre tenía que estar de broma. Una inmensa limusina negra que parecía abarcar toda la manzana los esperaba en una esquina. Tragó con dificultad y se miró la ropa. Botas camperas desgastadas, unos vaqueros rotos, y un abrigo viejo... Se hubiera sentido mucho mejor subiendo a alguno de aquellos autobuses.

El chófer le abrió la puerta del vehículo y esperó a que subiera.

–¿Está seguro de que hay sitio para los dos? –preguntó ella antes de subir en un tono falsamente bromista.

Sin inmutarse apenas, le hizo señas para que subiera al coche.

Nada más cerrarse la puerta, la joven creyó haber entrado en otro mundo. Aquella limusina era más grande que su habitación del hotel. Los asientos de cuero eran tan enormes como sofás y tenían un tacto y un aroma exquisitos. El minibar abarcaba todo un lado del habitáculo y en él brillaban decenas de botellas de licor. Una fila de vasos de cristal reflejaba una miríada de destellos que provenían del techo del coche.

Extasiada, levantó la vista y descubrió unas luces diminutas de diversos colores que se extendían por todo el techo; cambiando de color progresivamente.

Y allí estaba él, sentado junto a ella, dejando un poco de espacio entre ambos. Se había desabrochado el abrigo, dejando al descubierto una impecable camisa blanca que relucía sobre su piel bronceada.

La estaba observando.

Cleo rehuyó su mirada rápidamente.

–Supongo que nunca ha conocido a nadie que no haya estado en una limusina. Seguro que mi reacción le ha resultado de lo más divertida.

–Al contrario –le dijo él, sin apartar los ojos de ella ni un momento–. Me ha parecido una reacción encantadora.

«Encantadora...», pensó Cleo. Jamás había oído a nadie usar esa palabra de esa manera.

Además, si lo hubieran hecho, no les habría creído.

Sin duda él intentaba ser amable.

–¿Falta mucho para llegar al hotel?

–No mucho.

–¿Y qué clase de trabajo es?

–Creo que tendrá que hacer varias tareas. Pero estoy seguro de que no lo encontrará desagradable.

–Oh –dijo ella, desconcertada. Podría haber sido un poco más específico–. ¿Pero es un trabajo como interna?

Andreas asintió con la cabeza y sus negros ojos brillaron momentáneamente con el reflejo de una farola.

Por alguna extraña razón, Cleo se estremeció de repente, como si hubiera visto algo en aquellas pupilas insondables.

Sólo hay un inconveniente.

–¿Ah, sí? ¿De qué se trata?

–El trabajo es por contrato y tendrá una duración de un mes.

–Entiendo –Cleo se relajó un poco.

Un mes era mejor que nada. Por lo menos tendría tiempo de buscar alguna otra cosa mientras tanto.

–Pero tendrá un finiquito generoso.

Ella lo miró con un interrogante en los ojos.

–Gracias de nuevo por su generosidad, señor... Oh, Dios mío, no sé qué estoy haciendo. Ni siquiera sé su nombre.

Él sonrió y bajó la cabeza.

–Le aseguro que no tiene nada que temer... Soy Andreas Xenides.

Cleo le miró fijamente. Estaba segura de haber oído ese nombre en alguna parte. De hecho creía haber leído algo sobre él en los periódicos antes de marcharse de Australia.

Pero aquel hombre de la prensa era un millonario famoso; alguien que jamás se cruzaría en el camino de una pordiosera como ella.

–Creo que he oído hablar de un tal Xenides que tiene un hotel enorme en Gold Coast, en Queensland.

Él asintió.

–El Xenides Mansions Hotel. Uno de mis mejores negocios.

Ella tragó en seco.

–¿Es suyo? ¿El hotel es suyo?

–Bueno, sí. Pertenece a una de mis empresas, pero, últimamente, sí, se puede decir que es mío.

A Cleo se le cayó el alma al suelo.

Él frunció el ceño.

–¿Tiene algún problema con ello?

–¿Algún problema? ¡Todos! –se llevó una mano a la boca, avergonzada por su conducta en el hotel.

Tan sólo un rato antes le había tirado una zapatilla de casa a la cabeza a un afamado magnate de los negocios. Trató de mantener la compostura. Lo miró de reojo y volvió a encontrarse con su mirada abrasadora y oscura.

–Hay algo que no comprendo.

–Oh –él ladeó la cabeza a un lado con un gesto divertido–. ¿De qué se trata?

–¿Por qué está tan interesado en un miserable hotel situado a tres manzanas de Victoria Station? ¿Por qué va a comprarlo? Estoy segura de que podría encontrar decenas de hoteles que estén a la altura de su negocio.

Los ojos de Andreas brillaron un instante y su mirada se perdió en algún punto detrás de ella.

–Tengo mis razones –le dijo, circunspecto.

Ella se estremeció como si la temperatura hubiera bajado diez grados de repente. Sin duda alguna no debía de ser buena idea llevarle la contraria a un hombre como ése.

Apartó la vista y se dedicó a mirar por la ventanilla. Habían hecho un buen recorrido y, lejos de dirigirse hacia otro hotel de mala muerte, el vehículo iba en dirección a Mayfair.

De pronto el teléfono de él comenzó a sonar.

–Petra, me alegro de que me hayas llamado... Sí, ya he terminado en Londres.

Cleo no pudo evitar escuchar la conversación con atención. Sin embargo, después de unos comentarios escuetos, él empezó a hablar en otro idioma.

¿Griego, tal vez?

No estaba segura, pero cuando hablaba en su lengua materna, su voz tomaba un cariz temperamental y apasionado.

Un hombre como él debía de tener decenas de amantes y novias, y quizá hasta una esposa, o varias. Los ricos y famosos tenían sus propias reglas.

Una vez más contempló el lujoso interior del vehículo y acarició el exquisito cuero de los asientos. Aquella moqueta inmaculada ya no lo era tanto por culpa de sus mugrientas botas camperas. Miró por la ventanilla y se fijó en los ocupantes de los coches que circulaban a su alrededor. Todos miraban hacia ellos con curiosidad y envidia, y se esforzaban por discernir algo del interior.

Petra...

¿Cómo eran esas mujeres glamurosas y bellas? ¿Qué sentían teniendo el mundo a sus pies?

Sonrió para sí. Ése no era su mundo. En cuanto llegaran al hotel el hechizo se rompería y entonces volvería a ser una sirvienta. Él se iría para siempre y volvería a su vida de ensueño, junto a la hermosa Petra...

–Volveremos mañana –le oyó decir de repente, volviendo a su lengua adoptiva–. Llegaremos a eso de las cinco.

Cleo lo miró con ojos curiosos. ¿Por qué había vuelto a hablar en su segunda lengua de una forma tan repentina?

–¿Nosotros, Petra?... Oh, lo siento. Debería habértelo dicho. Voy a volver con una amiga.

Cada vez más interesada, Cleo escuchaba la conver-

sación y lo miraba de reojo de vez en cuando. Había
algo en su tono de voz que resultaba extraño...

Una de las veces que volvió la cabeza se encontró
con su fría mirada de hielo y entonces ya no pudo apartar la vista.

–Eso es –decía él, sosteniéndole la mirada y parando
los latidos de su corazón–. Un amiga. Por favor, que
María me prepare la suite.

Cerró el teléfono con brusquedad, sin dejar de mirarla ni un instante.

–¿Falta mucho? –le preguntó, tratando de ahuyentar
una extraña inquietud de su mente.

¿Por qué la miraba de esa manera, como si fuera el
plato fuerte en un festín de lobos?

–No, no mucho –dijo él.

Justo en ese momento la limusina se desvió de Park
Lane y se detuvo unos metros más adelante.

Cleo levantó la vista y se encontró con un magnífico
edificio.

–Pero esto es... Éste es el Grosvenor House.

–El mismo.

La puerta se abrió y el frío aire de la noche entró en
el habitáculo.

–¿Pero por qué estamos aquí? Pensaba que... Me
dijo que...

–Ya hemos llegado –dijo él sin más, bajando del coche y ofreciéndole una mano–. Por favor.

Cleo lo miró con ojos aterrorizados.

–Pero no puedo entrar ahí. No puedo entrar así. Parece que acabo de salir del establo de una granja.

–Pensarán que es una australiana excéntrica.

–¡Pero seguro que tienen una puerta para el servicio!
–dijo, pero no tuvo más remedio que salir y acompa-
ñarlo. Era inútil llevarle la contraria.

–Vamos –él la ayudó a bajar–. A esta gente se le
paga por su discreción.

La joven vio su propio reflejo en los cristales de la entrada y entonces hizo una mueca. Parecía una auténtica mendiga.

Poco antes de entrar se vieron asaltados por un enjambre de empleados deseosos de servir y agradar a su huésped más distinguido. Uno de los botones agarró su mochila como si se tratara de un bolso de lujo y otros se apresuraron para cumplir las órdenes que Andreas repartía a diestro y siniestro.

Ella iba detrás de él, temerosa y avergonzada, convencida de que pronto aparecerían los guardias de seguridad para llevársela de allí.

Al atravesar las puertas giratorias que daban acceso al vestíbulo del hotel, miró a su alrededor, maravillada. Mármol blanco, enormes columnas color crema, suelos inmaculados... Sin palabras, tuvo que parpadear varias veces para convencerse de que aquello no era un sueño. Aquel lugar era el paraíso en la Tierra, un oasis de lujo en medio del bullicio de la ciudad.

Andreas la dejó un instante para hablar con la recepcionista; seguramente para informarla de su presencia allí.

–Vamos –dijo, agarrándola del brazo y conduciéndola a través del vestíbulo.

–¿Vamos a ver a la gobernanta? No hace falta que se moleste. Seguro que puedo encontrarla fácilmente. Ya le he entretenido bastante.

Sin mirarla siquiera, siguió adelante y la hizo entrar en uno de los ascensores.

–Pensé que querría ver su habitación primero, ver si es de su agrado –apretó un botón del ascensor.

Cleo frunció el ceño, sin entender lo que estaba ocurriendo.

–¿Le dije que tendría que compartirla?

–¿Y cree que eso me importa? Mire este lugar... –el ascensor comenzó a subir–. Un momento... Estamos subiendo. No creo que haya habitaciones de empleados en las plantas de huéspedes.

Andreas guardó silencio y un momento después se abrieron las puertas.

El pasillo, decorado con una elegante combinación de tonos beige y magenta, no podía llevar a la zona de empleados.

—Parece que hoy es su día de suerte —le dijo, deteniéndose ante una puerta y metiendo la llave en la cerradura.

A Cleo se le puso la carne de gallina.

—Ésta no puede ser mi habitación.

—No precisamente. Como le dije, tendrá que compartirla.

Ella tragó en seco.

—Entonces dígame de quién es la habitación. ¿Quién podría tener una habitación como ésta en el Grosvenor? ¿El príncipe Harry?

Nada más hacer la pregunta, se dio cuenta de cuál era la respuesta.

Pero no. No podía ser cierto. Aquello era una locura...

—Es su habitación, ¿verdad? No hay ningún trabajo de limpiadora. Quiere que comparta la habitación con usted.

Él la miró fijamente un instante con gesto impasible.

—Entre y se lo explicaré.

—¡No voy a entrar ahí! De ninguna manera. No voy a ir a ninguna parte hasta que me diga qué está ocurriendo ahora mismo. Y después bajaré por ese ascensor tal y como he subido.

—Cleo, no voy a discutir esto en público —dijo él, llamándola por su nombre de pila.

Ella miró a su alrededor.

—¡Aquí no hay nadie más!

En ese momento se oyó el timbre del ascensor y las puertas se volvieron a abrir. Un grupo de mujeres cargadas con compras emergió al pasillo. Los hombres iban detrás, con cara de necesitar una copa.

La joven miró hacia las puertas abiertas del ascensor, dio un paso hacia él y entonces se detuvo.

—¿Dónde está mi mochila?

—Pronto la traerán. Ahora entra y escucha lo que tengo que decir. Si después quieres irte, podrás hacerlo sin más. Pero escúchame antes. Es cierto que tengo un trabajo para ti.

—Pero no se trata de limpiar, ¿verdad? —se mordió el labio inferior, indecisa y confusa.

¿Qué clase de trabajo podía ofrecerle un millonario griego a una fracasada como ella? Sin duda, nada para lo que hiciera falta un buen currículum...

Sin embargo, la otra opción era aún más disparatada.

Ella nunca había sido nada del otro mundo; una chica normal más bien rellenita... Y los hombres nunca habían hecho cola en su puerta.

—Cleo...

Ella lo miró, atónita.

Su nombre sonaba como una advertencia en aquellos labios serenos e implacables.

Sin pensar lo que estaba haciendo, entró en la habitación, mascullando un juramento.

¿Por qué tenía que oler tan bien? Las cosas habrían sido más fáciles si no se hubiera visto asaltada por aquel perfume masculino y embriagador a cada paso que daba.

—Muy bien. Aquí estoy —dijo, dejando caer su abrigo sobre una exquisita silla que parecía sacada de un palacio de cuento de hadas, al igual que el resto de la suite—. ¿Qué es lo que sucede?

Sin prestarle atención, él se dirigió hacia el minibar, abrió una espléndida botella de cristal que contenía un licor color ámbar y se sirvió un trago.

—¿Quieres? —le dijo con desparpajo.

Ella sacudió la cabeza.

–¿Bien? Me dijo que tenía un trabajo de limpiadora en un hotel –le dijo ella, desafiante.

Él se tomó su tiempo antes de contestar. Bebió un sorbo de whisky lentamente, se dio la vuelta y se inclinó contra un mueble.

–Aunque no es exactamente lo que dije, es más o menos lo mismo. Esa parte es verdad.

–¡Me ha mentido!

–No te he mentido. Te conseguí un trabajo como limpiadora en otro hotel y después se me ocurrió algo mejor.

–¿Pero por qué? ¿Para qué?

Él se terminó la copa, la puso sobre el mueble, y fue hacia ella.

–¿Y si te ofrezco un trabajo mejor? Más dinero. Suficiente para comprar un billete de regreso a Australia. Y para mucho más. Suficiente para vivir el resto de tu vida.

Cleo lo miró con ojos de sorpresa.

–¿Pero de qué clase de trabajo se trata? –le preguntó, sin poder evitar sentir curiosidad.

Él se echó a reír y se acercó un poco más.

–¿Ves por qué supe que eras perfecta? Cualquier otra mujer hubiera preguntado cuánto.

Ella retrocedió, rodeó la mesa del comedor y puso algo de espacio entre ellos.

–Ésa era mi próxima pregunta.

Él se detuvo y comenzó a moverse en sentido opuesto, rodeando la mesa hacia ella, caminando lentamente.

–¿Cuánto sería suficiente? ¿Cien mil libras? ¿Cuánto sería eso en la moneda de tu país?

Ella tragó con dificultad. Estaba demasiado distraída como para mantener las distancias. Sin embargo, sí había oído suficientes historias escalofriantes como para saber que no había que aceptar ingentes sumas de dinero a cambio de llevar un paquete o algo parecido.

Había cometido algunos errores en su vida, pero no era tan estúpida.

—No quiero tener nada que ver con asuntos de drogas, si se trata de eso.

Él seguía avanzando, cada vez más cerca.

—Cleo, por favor. ¿No te das cuenta de que me estás insultando? Esto no tiene nada que ver con drogas. Yo odio esas cosas tanto como tú. Te puedo asegurar que el trabajo será totalmente legal y apetecible.

—Bueno, ¿entonces de qué se trata? —le preguntó directamente, rodeando la mesa en sentido contrario y huyendo de él . ¿Cuál es el trabajo?

Él se detuvo y dejó de perseguirla.

—Es muy sencillo. Quiero que finjas ser mi novia.

Capítulo 5

QUÉ es lo que ha dicho? —Cleo se echó a reír—. ¡Debe de estar loco! —exclamó, estupefacta.

—Te aseguro que estoy hablando muy en serio.

—¿Pero, su novia? ¿Quién usa esa palabra hoy en día?

—¿Prefieres que utilice la palabra «amante»?

—¡No! Mire, no sé por qué le ha dado la impresión de que iba a decir que sí a una proposición tan disparatada, pero me temo que se ha equivocado por completo, señor Xenides —le dijo con ironía—. Lo siento mucho, pero voy a tener que rechazar esa generosa oferta.

—Llámame Andreas, por favor.

Ella miró hacia la puerta por encima del hombro, impaciente por salir de allí.

—¿Y por qué iba a necesitar una falsa amante un hombre como tú? No tiene sentido.

Él se encogió de hombros.

—A lo mejor no me gusta que piensen que estoy disponible.

—A lo mejor deberías poner un anuncio o algo así —volvió a mirar hacia la puerta, deseando salir corriendo—. ¿Cuándo van a traer mi mochila? Quiero irme.

—Piénsalo, Cleo. Es un montón de dinero. ¿Seguro que vas a dejar que se te escape?

—Estás loco. Mírame, por favor —le dijo, extendiendo los brazos a ambos lados en un gesto de impotencia—. Soy una sirvienta. Limpio baños y cubos de basura, tengo las uñas destrozadas y las manos en carne vida para demostrarlo. Soy baja, regordeta y jamás en mi vida he pasado por guapa. ¿Y me propones que finja ser tu amante? ¿Quién se iba a creer algo así? Pensarían que te has vuelto loco y tendrían razón.

Él levantó una ceja y se acercó un poco más.

—Creo que te estás infravalorando —le dijo, encogiéndose de hombros.

¿Infravalorando?

Cleo se preguntó de qué planeta había salido aquel hombre.

—¡Pero de qué planeta vienes tú! ¿Por qué yo? Podrías tener a cualquier mujer en este mundo —exclamó, levantando los brazos—. De hecho, probablemente ya las tengas.

—Exactamente. Y es por eso que no quiero a cualquier mujer de este mundo.

Estaba tan cerca que podía apreciar las copiosas pestañas que adornaban sus expresivos ojos oscuros; lo bastante cerca como para ver cómo se le dilataban las pupilas al extender la mano para tocarle la mejilla con las puntas de los dedos.

—Te deseo a ti.

Ella sintió que se le paraba el corazón. Trató de apartarse, pero fue demasiado tarde. El sutil tacto de su mano la hacía estremecerse de pies a cabeza.

—No... No puedo...

Él retiró la mano rápidamente y una repentina preocupación pareció nublarle la mirada.

—¿Es que no eres virgen?

El carácter íntimo de aquella extraña pregunta la dejó sin palabras. Las mejillas le ardían por dentro como si su cuerpo se estuviera consumiendo poco a poco.

—Yo pensaba que se trataba de fingir. ¿Qué tiene eso que ver con la propuesta?

Él se encogió de hombros.

—Porque habrá noches en que tendremos que compartir cama para mantener las apariencias. Y existe una remota posibilidad de que, siendo tú una mujer y yo un hombre, busquemos algo de placer mutuo el uno con el otro.

—Entonces esperas obtener sexo como parte del trato, ¿no?

Él frunció el entrecejo y se apartó, como si la pregunta le hubiera ofendido profundamente.

—No necesariamente. Sólo digo que podría ser un efecto secundario de nuestro acuerdo.

¿Un efecto secundario de nuestro acuerdo?

Qué impersonal y frío sonaba todo aquello... Más bien parecía un trato de negocios.

—No me interesa —dijo Cleo, sin saber muy bien a qué se refería.

Había algo en la mirada de él que despertaba sus sentidos de una forma hasta entonces desconocida.

—Es una buena oferta —le dijo, sonando muy convincente—. Es un contrato temporal y dentro de un mes te vas a casa. Todos los gastos pagados. Vuelo en primera... Todo incluido...

Esperó unos segundos y la observó con atención, con la esperanza de encontrar una grieta en su voluntad de hierro.

—Y nada de sexo, si eso es lo que quieres. Aunque si llegara a ocurrir, te puedo garantizar que no significaría nada.

«No significaría nada... No significaría nada...».

Cleo cerró los ojos un instante y trató de sofocar el eco de aquellas palabras malditas.

Eso era lo que Kurt le había dicho aquel día, cuando le había dicho que lo amaba.

Se había reído de ella mientras se subía los pantalones.

«¿Pero cuál es tu problema? Esto no significa nada. No seas estúpida...».

—Entonces sí que te has acostado con hombres, ¿no?

¿Podemos aclarar esto de una vez? –le preguntó Andreas de repente, sacándola de su ensoñación.

–Oh, claro. Muchas veces... –se apresuró a decirle ella.

Pero aquello no era más que una mentira. Lo cierto era que sólo se había acostado una vez con Kurt. ¿Pero qué importancia tenía eso?

–Entonces no hay nada más que hablar.

Ella levantó la cabeza de golpe.

–Un momento, ¿cómo que no hay nada más que hablar?

–Mañana viajarás conmigo a mi casa de Santorini.

En ese momento sonó el timbre y Andreas fue hacia la puerta. Era el botones, con el equipaje.

–Salimos mañana a las doce. Tendremos varios compromisos por la mañana así que habrá que levantarse pronto... Déjelo en el dormitorio, gracias –le dijo al botones, dándole un billete generoso.

–¡No! –exclamó ella, sorprendiendo al botones, que se dio la vuelta rápidamente–. Deme eso –agarró uno de los tirantes de la mochila.

–Déjalo, Cleo.

–No. Si me iba de todas formas.

Nervioso, el portero miró a uno y después a otro.

Cleo tiraba de la mochila y Andreas la fulminaba con la mirada.

–Si necesitan algo, no duden en llamarme –dijo el hombre y escapó a toda prisa.

Ella se echó el bulto al hombro.

–Pensaba que teníamos un trato –dijo él.

–Pensaste mal. No me he comprometido a nada. Y me voy ahora mismo.

–Pero no tienes trabajo, ni tampoco un sitio adonde ir.

–Ya encontraré algo. Me las arreglaré –agarró su abrigo, lo hizo una bola y se atrevió a mirarlo por última vez–. Ya busco yo la salida.

Dio media vuelta y se dirigió hacia la puerta.

—Te necesito.

Ella se detuvo; la mano sobre el picaporte.

—Tengo la impresión, señor Xenides, de que usted no necesita a nadie —dijo, volviendo a tratarle de «usted» —abrió la puerta, y justo cuando iba a salir por ella, una enorme mano la estampó contra el marco.

—¡Te equivocas!

Ella se volvió, pero las palabras se le atragantaron al ver el fuego que ardía en aquellos negros ojos.

—Dime cuánto. ¿Cuánto quieres? Pensaba que no te importaba el dinero, pero eres igual que todas. Nada más lo hueles ya quieres más. Sin embargo, eres bastante mejor actriz, lo cual me dice que eres justo la mujer que necesito... Bueno, ¿cuánto? ¿Cuánto quieres por tus servicios durante un mes? Cien mil libras claramente no es suficiente, así que doblemos la cifra. Doscientas mil libras. Cuatrocientos mil dólares. ¿Sería suficiente con eso?

Aquellas cifras eran tan desorbitadas que apenas significaban nada en la mente de Cleo. Ofuscada, la joven trató de poner orden en sus pensamientos.

—Andreas, yo...

—¡Quinientas mil libras! Un millón de dólares. ¿Es suficiente para hacerte dudar?

A Cleo se le cortó la respiración.

—Tienes que estar de broma. Eso es una barbaridad.

—No si con ello consigo lo que quiero. Y te quiero a ti, Cleo. Di que sí.

Ella no podía pensar, ni respirar. Una enorme cifra parpadeaba como la luz de un faro delante de sus ojos.

«Un millón de dólares...».

¿Cómo iba a rechazar algo así? Era impensable, inimaginable, como ganar la lotería. Con eso tendría más que suficiente para volver a casa y hacer todos lo arreglos que la destartalada granja de su madre necesitaba. Y aún tendría bastante para comprarse una casa.

Cleo se relamió los labios, vacilante. Su voluntad de hierro empezaba a ceder lentamente.

–¿Sólo sería un mes?

Él esbozó una media sonrisa.

–Puede que incluso menos si juegas bien tus cartas.

–Pero definitivamente, nada de sexo. Sólo se trata de fingir. ¿Correcto?

Una sombra fugaz cruzó el rostro de él.

–Si es eso lo que quieres.

–Eso es exactamente lo que quiero. Nada de sexo. Y dentro de un mes me voy a casa.

–Sin preguntas. En primera clase. Todos los gastos pagados.

Cleo tragó con dificultad.

–No sé si soy la persona más adecuada para esto.

Él le quitó la mochila de los hombros y la dejó en el suelo.

–Lo harás muy bien. ¿Alguna otra pregunta?

Ella sacudió la cabeza.

–No. Um, por lo menos... No, creo que no.

Él sonrió.

–Bueno... –dijo–. ¿Y qué tal si sellamos el acuerdo con un beso? –le preguntó, acercándose peligrosamente.

Ella lo miró a los ojos, sorprendida.

–Mejor será que nos demos un apretón de manos.

–Podríamos –dijo, sus labios a un milímetro de distancia–. Pero creo que tenemos que acostumbrarnos a esto, así que mejor será que empecemos cuanto antes –dijo y rozó sus labios con los de ella, besándola con algo de timidez y delicadeza.

Paralizada y rígida como una estaca, Cleo sintió el calor de aquella boca sobre la suya propia y entonces suspiró, dándole el aliento y quizá algo más.

Él deslizó una mano por su espalda y la empujó hacia sí, sintiendo así el tacto de sus pezones exquisitamente erectos.

Las piernas apenas la sostenían, y las rodillas se le derretían por momentos. Había magia en aquel beso; algo que jamás había sentido en toda su vida. Y aunque sólo fuera eso, un beso, era tan tierno y dulce... Enredó los dedos en su camisa y palpó la calidez de su piel bajo el fino tejido. Él también se estremecía, una y otra vez.

De repente, todo terminó tal y como había empezado, sin previo aviso. Él apartó los labios y Cleo se quedó sin aliento, expectante.

En silencio, la miró fijamente un instante, como si tuviera muchas preguntas sin respuesta.

–Creo que tenemos un trato –dijo por fin–. Querrás instalarte. Tengo que ver a los abogados, así que me ocuparé de que los papeles estén listos pronto.

–¿Los papeles? –Cleo fue devuelta a la realidad de la manera más brusca.

¿Acababa de darle un beso de infarto y era capaz de hablarle de negocios como si nada?

–¿Qué papeles?

–El contrato. Esto es un acuerdo de negocios. Creo que los dos necesitamos una garantía de que todo irá según lo acordado.

–Oh, claro, por supuesto –Cleo asintió como si entendiera todo perfectamente.

–¿Dónde está mi habitación?

Él apenas le prestó atención. Se había sacado el móvil del bolsillo y estaba hablando en griego a toda prisa.

La joven decidió encontrarla por sí misma. Se echó la mochila al hombro y se dirigió hacia una de las dos puertas que no conducían al pasillo. Una de las dos daría acceso a su habitación.

Al lado del salón había un dormitorio dotado con una descomunal cama de matrimonio repleta de cojines.

Abrió uno de los armarios y dentro encontró varias camisas y pantalones.

El armario de Andreas.

Abrió otra puerta y entró en el cuarto de baño, al que no le faltaba ni el más mínimo detalle. Alicatado en mármol, tenía un plato de ducha, una bañera y también un bidet.

De repente la joven miró a su alrededor y encontró otra puerta más. La abrió y se encontró de vuelta en el salón, donde Andreas seguía hablando por teléfono.

Al verla regresar él levantó una ceja.

—¿Y mi habitación? —preguntó ella moviendo los labios.

Él frunció el ceño y señaló la primera puerta por la que había abandonado el salón.

A Cleo le dio un vuelco el corazón. ¿Acaso esperaba que compartieran habitación?

Sacudiendo la cabeza, ella lo miró con gesto de estupefacción.

Él cubrió el auricular con la mano y señaló el sofá.

—Yo duermo ahí. El dormitorio es todo tuyo.

Algo más tranquila, la joven regresó al dormitorio, buscó su pijama y su neceser de aseo y entró en el cuarto de baño.

Reguló la temperatura del chorro de agua y se metió en la ducha, con la esperanza de que el suave masaje del agua caliente le aclarara un poco las ideas.

¿Cómo iba a querer dormir con ella? El trato sólo hablaba de fingir y nada más. Aquel beso la había hecho perder la cabeza.

Un solo beso y ya casi esperaba que le hiciera el amor.

Procuró darse prisa y salió de la ducha en un tiempo récord. Se enfundó su viejo pijama y se lavó los dientes.

Su estómago ya empezaba a protestar después de varias horas sin comer nada. Pero ella ya estaba acostumbrada. Gracias a eso podía meterse en los vaqueros que unos meses antes apenas le cabían en las caderas. Aquel disparatado trabajo había conseguido lo que diez años de buenos propósitos de Año Nuevo no habían podido lograr. Sin embargo, estaba demasiado cansada como para comer. Lo único que deseaba era irse a la cama. Se soltó el pelo húmedo y regresó al dormitorio. Se detuvo frente a la enorme cama y la contempló un instante. Comparada con el camastro al que estaba acostumbrada, parecía que no se acababa nunca. Y era toda para ella. ¿Pero en qué lado solía dormir él? Esa noche iba a dormir fuera, pero sólo con saber que él había dormido allí la noche anterior, sentía un agradable cosquilleo. Se quedó mirándola un momento y finalmente se acostó, rendida de cansancio. El tacto de aquellas sábanas era todo un lujo, el aroma de él sobre la almohada...

Y además muy pronto volvería a casa y podría abrazar a su querida abuela.

Se puso la máscara de noche y se dejó envolver por el sueño. Nada podría despertarla esa noche, ni siquiera el chorro de enérgicas palabras en griego provenientes de la estancia contigua.

Bostezó. Ya tendría tiempo de arrepentirse al día siguiente, pero aún no.

Aún no...

Andreas seguía al teléfono cuando llegó el servicio de habitaciones con la cena que había ordenado. Suavemente abrió la puerta del dormitorio. Todo estaba a oscuras, apenas iluminado por el halo de luz que se derramaba desde el salón.

Y allí estaba ella, diminuta en aquella inmensa cama, con su pijama de franela abotonado hasta las cejas, la manta hasta arriba y, por supuesto, su inolvidable máscara de noche.

De repente Andreas sintió que le hervía la sangre. ¿Estaba durmiendo? ¿Acababa de comprometerse a pagarle un millón de dólares y ella se había ido a dormir como si nada?

Dio un paso adelante y justo cuando iba a quitarle la máscara de los ojos, ella se giró y suspiró en sueños. Su respiración era lenta y pausada... De pronto Andreas recordó que sus empleados la habían sacado de la cama unas horas antes, después de un largo día de trabajo agotador. Las oscuras ojeras que rodeaban sus ojos daban fe de su cansancio extremo.

Quizá debía dejarla recuperarse... O quizá debía meterse en la cama con ella y sacarle el mejor partido a su dinero...

De repente llamaron a la puerta. Debía de ser la gobernanta, que iba a prepararle la cama del sofá.

Salió de la habitación y fue a abrir.

No tenía ninguna necesidad de tomar a ninguna mujer contra su voluntad. Tenía todo un mes para conseguir su propósito. Ninguna lo había rechazado jamás y ella no iba a ser la excepción. De eso estaba convencido...

Capítulo 6

FUE un sueño muy extraño. La gente se dibujaba y desdibujada en la cercanía y en la distancia, una y otra vez; de pronto todo se volvía nítido y después borroso; las chicas del instituto, insultándola y burlándose de ella, sus hermanastros y su padrastro, y Kurt riéndose de ella a carcajadas. Desde algún lejano rincón Cleo podía oír a su abuela, llamándola y diciéndole que siempre había esperanza al final del camino. Se dio la vuelta y buscó su voz; trató de sacarla de las tinieblas y entonces...

Una silueta alta y amenazante emergió de la neblina de las pesadillas.

—Tengo miedo —dijo su propia voz desde algún sitio.

De repente quería echar a correr. Se dio la vuelta y miró hacia el grupo de chicas que seguían burlándose y riéndose de ella. Quería volver al mundo de siempre, a aquello que le resultaba familiar. Sin embargo, no podía moverse. Las piernas le pesaban demasiado. Y él seguía avanzando, más y más... Hasta que por fin se detuvo justo delante. Entonces sonrió y la miró desde el oscuro abismo de sus pupilas negras.

—Deberías —dijo y cubrió sus labios con un beso.

De pronto ya no oía nada excepto un terrible zumbido en los oídos y el escandaloso estruendo de su corazón palpitante.

Desde algún lugar entre las sombras su abuela seguía hablándole.

–Brilla, pequeña Cleo... Brilla... El sol de la mañana se asoma a tu ventana...

Aquellas palabras no tenían sentido alguno...

Un golpe seco en la espalda y ya estaba de vuelta a la realidad.

–Despierta. Tienes una mañana muy ajetreada.

La alarma del reloj comenzó a sonar y Cleo aspiró el dulce aroma de las sábanas. Se incorporó y se quitó la máscara.

«Dios mío...», se dijo, al verle completamente desnudo, caminando por la habitación rumbo al armario.

Demasiado tarde. Ya había visto más de lo que quería.

Un sofoco repentino tiñó sus mejillas de un rojo intenso e incontrolable.

Tragando con dificultad, encogió las piernas de forma automática.

–¿Tienes hambre? –le preguntó él en un tono casual–. Ayer no cenaste –le dijo, poniéndose una bata y atándosela a la cintura–. Pensé que tendrías hambre, así que me he tomado la libertad de pedir algo para desayunar. Parecía que ibas a dormir hasta mediodía.

Cleo trató de articular palabra.

–Estaba muy cansada.

–Ya veo. Has dormido como un tronco. Pronto llegará el desayuno y en menos de una hora tendrás tu primer compromiso.

–¿Qué compromiso?

–Abajo, en el salón de spa. Y poco después vendrá la estilista con una selección de trajes. No tendrás mucho tiempo para decidirte. Nos vamos a las doce.

Cleo miró el reloj. Eran las siete de la mañana.

–Entonces quedan muchas horas.

–Te llevará tiempo, así que come bien y no me esperes –le dijo y la miró de arriba abajo–. Vas a necesitar todas tus fuerzas –dijo y entró en el baño.

La joven se estremeció. ¿Por qué tenía la impresión de que no sólo hablaba de los compromisos de la mañana?

Unos minutos después llegó el servicio de habitaciones con un carrito lleno de exquisitos manjares cuyo aroma quitaba el sentido. Cleo esperó a que el camarero los colocara sobre la mesa del comedor y entonces se lanzó sobre ellos, muerta de hambre. Había yogur, jamón, pasteles, tostadas y también dos enormes bandejas con un desayuno inglés; todo un festín. El café era intenso y espeso, con el amargor necesario para bajar la comilona.

No recordaba haber disfrutado tanto una comida en toda su vida.

Cuando Andreas salió del cuarto de baño ella seguía comiendo. Él llevaba una toalla alrededor de las caderas y estaba descalzo. Las gotas de humedad daban un brillo especial a su fornido pectoral.

–Así me gusta –le dijo, sentándose a su lado–. Una mujer con apetito.

Ella logró tragar la cucharada de comida con dificultad. Era difícil volver a tener apetito teniéndolo tan cerca. Su piel recién lavada despedía un aroma a limpio imposible de ignorar. Él descubrió una bandeja de cruasanes, recién sacados del horno y humeantes.

Ella lo miró y entonces reparó en una gota de agua que se deslizaba sutilmente sobre su pecho bien moldeado hasta detenerse por fin en la punta de uno de sus masculinos pezones.

Parecía que la gota de agua estuviera sobre su propia piel; podía sentirla correr sobre su propio pecho hasta endurecerle el pezón. Se sintió tentada de estirar la mano y romperla con los dedos, pero no fue capaz, y poco después la gota cayó por fin en la toalla que él llevaba puesta.

–¿Quieres algo?

Ella parpadeó y levantó la vista. Él la observaba con ojos risueños.

–¿Un cruasán o tal vez alguna otra cosa? –le dijo, casi riéndose de ella.

–No... No, gracias –atinó a decir ella, sujetándose el pijama contra el cuello, como si eso pudiera defenderla de...

¿De qué? ¿De arrojarse a sus brazos sin remedio?

–Creo que debería darme una ducha. Gracias por el desayuno.

–Una cosa –dijo él de pronto, agarrándola de una mano . No tienes que darme las gracias por nada. Tenemos un acuerdo. Tú te comportarás como mi amante y aceptarás lo que se te ofrezca, y yo aceptaré lo que se me ofrezca. ¿Entendido?

Ella tragó con dificultad.

–Haré mi trabajo de acuerdo con los términos del contrato. No sé qué más ofrecerte que pueda interesarte.

–Eso es exactamente lo que quería decir –dijo de repente y la soltó. Sin embargo, sus palabras no tenían nada que ver con la mirada de sus ojos.

La mañana pasó en un santiamén. En el salón de belleza la encerraron en una habitación aparte y le hicieron toda clase de tratamientos para convertirla en una mujer digna de ir del brazo de Andreas Xenides. Nadie la hizo sentir incómoda en ningún momento y realmente se preguntó si él tenía razón. A lo mejor era cierto que a los empleados les pagaban suficiente a cambio de su discreción.

Unas horas más tarde aquellas manos prodigiosas y bien entrenadas la hicieron relajarse tanto que al final dejó de pensar en aquello que la atormentaba. ¿Cuántas veces en su vida se había podido permitir un lujo así? Nunca, así que tenía que aprovecharlo.

De forma milagrosa, su cabello se convirtió en un montón de mechones envueltos en papel de plata, y después le hicieron la manicura y la pedicura, además de un tratamiento especial para el pelo. Finalmente le pusieron una mascarilla relajante en la cara y, para cuando terminaron con ella, ya era una mujer nueva, lista para el peluquero y la maquilladora.

Cuando acabó todo, se miró en el espejo y quedó boquiabierta. Su cabello, antes mustio y encrespado, se había convertido en una radiante melena con mechas de oro, voluminosa y capeada con una destreza exquisita.

Pero lo demás era aún mejor. La maquilladora la había convertido en una seductora infalible con una espectacular sombra de ojos que resaltaba sus ojos azules. Ni rastro quedaba de aquellas horribles ojeras. Por primera vez en su vida, la joven que nunca había sido guapa, brillaba como una gran princesa. De repente sintió el picor de las lágrimas en los ojos y entonces se mordió el labio inferior. No quería llorar, no querría arruinar aquel magnífico trabajo.

—No me puedo creer lo que habéis hecho. Muchas gracias por todo. ¿Puedes enseñarme a hacer esto? —le preguntó a la maquilladora, señalándose los ojos.

La joven sonrió y asintió con la cabeza.

—Será un placer. Tienes unos ojos increíbles, pero tienes que sacarles todo su partido. Antes pasaban desapercibidos.

Desapercibidos... ¿No era ésa la historia de su vida? Ella siempre había pasado desapercibida, siempre había estado perdida.

Un rato más tarde iba de camino a la suite, cargada con un montón de cosméticos.

Esa vez no se había sentido como una intrusa al atravesar el vestíbulo del hotel. Todavía llevaba unos vaqueros viejos y una camiseta barata, pero tenía la cabeza bien alta y se movía con una confianza hasta entonces desconocida. Al atravesar la recepción, hizo volverse a más de un hombre, y entonces sonrió, disfrutando de aquella sensación desconocida.

Al llegar a la habitación, se la encontró vacía. Andreas no estaba allí. Algo decepcionada, se consoló pensando que era un hombre muy ocupado. No iba a esperar por ella toda la mañana. Además, la habitación se había transformado en una especie de boutique repleta de perchas de ropa de todo tipo, desde prendas informales hasta los trajes más fastuosos. La estilista, *madame* Bernadette, debía de tomarse su trabajo muy en serio.

La señora examinó a Cleo con una simple mirada por encima de las gafas y entonces chasqueó la lengua.

–Mm, pongámonos a trabajar. Esto nos llevará un buen rato –chasqueó los dedos.

La asistente asintió con la cabeza y le entregó un vestido a Cleo.

–Póngaselo. Tenemos trabajo que hacer.

Dos horas más tarde la joven estaba agotada. Ya había perdido la cuenta de todas las veces que se había cambiado. La estilista había tocado aquí y allá, cortando y midiendo hasta marearla. Para cuando por fin terminaron, las perchas estaban vacías.

Para una persona que había sobrevivido durante seis semanas con el contenido de una mochila, aquel armario de alta costura era algo exagerado, pero era evidente que Andreas llevaba la voz cantante y *madame* Bernadette no se dejaba convencer con argumentos de moderación.

El problema del equipaje fue solucionado rápidamente. Un momento más tarde llegaron dos empleadas con un juego de maletas. Sorprendida, Cleo vio cómo le hacían una reverencia antes de ponerse a guardar los trajes en las maletas.

Ya casi eran las doce. Sin duda Andreas esperaba que estuviera lista y puntual a la hora acordada, y también debía de esperar que hiciera buen uso de toda la colección. Por eso escogió un traje pantalón y una blusa de seda en color crudo que favorecía su realzada figura. Además, el sujetador, cuidadosamente diseñado, le resaltaba el escote y lo ponía todo en su sitio. Los zapatos, abrochados a un lado del tobillo, añadían unos cuantos centímetros a su pequeña estatura y exhibían sus uñas pintadas a la perfección. El toque final se lo dio *madame* Bernadette en forma de un pañuelo azul que realzaba el color de sus ojos.

Cleo se miró en el espejo. Jamás se había sentido tan femenina como en ese momento, como si acabara de convertirse en una mujer de verdad.

Las doce llegaron y pasaron. Media hora más tarde, aún seguía sin saber nada de Andreas. Ni una llamada ni un mensaje. La joven se sentó en una silla, rodeada de maletas y cada vez más nerviosa. Después de aquel torbellino de mañana, no quería pararse a pensar. No quería tener tiempo para arrepentirse de la locura temeraria a la que se había prestado; volar a Grecia con un completo extraño... Además, tampoco quería pensar que él hubiera podido cambiar de idea y que finalmente se hubiera marchado solo. Podía imaginárselo volando de vuelta a su casa, riéndose de ella por su ingenuidad. Quizá se había dado cuenta de que nadie era tan valioso como para pagar un millón de dólares por un mes de teatro.

El estómago se le hizo un nudo. Si las cosas resultaban de esa manera, no sería la primera vez que alguien la dejaba a un lado después de comprometerse. Kurt había sabido elegir muy bien el momento idóneo para quedarse con su dinero y despojarla de su inocencia y de su corazón. No había sido más que un pasatiempo para él; una chica ingenua, dispuesta a cruzar océanos por amor. Sin duda había sido una presa fácil, alejada de su familia y amigos. Nada más dejarla en la calle, se había marchado en busca de otra a la que engañar.

Impaciente y alarmada ante aquellos pensamientos nocivos, se levantó de la silla y fue hacia las ventanas. Al otro lado de la concurrida calle se divisaba Hyde Park; un oasis de serenidad y verdor.

Pero no podía ser cierto. Andreas no tenía nada que ver con Kurt. Podía ser arrogante y autoritario, pero él jamás haría algo así. Se había tomado tantas molestias para convencerla... ¿Por qué se había comportado de esa manera si finalmente pensaba dejarla en la estacada?

Agarró las cortinas y apoyó la cabeza. El día anterior no había mostrado piedad ninguna. Había tomado el hotel como un general del ejército y no había tenido reparo alguno en sacar a los huéspedes de la cama.

Cleo se estremeció. ¿Cómo había podido olvidarlo con un simple corte de pelo y ropa cara? ¿Cómo podía ser tan frívola?

No. Andreas podía parecer un dios griego, pero era una locura pensar que albergaba algo de compasión.

De repente sonó el timbre y la joven dio un salto. Cruzó la habitación y abrió la puerta.

—Vengo a recoger las maletas —dijo el botones.

Ella respiró hondo y trató de calmarse. Parecía que no la habían abandonado, lo cual, por otra parte, era algo positivo.

¿O no?

Agarró la chaqueta, el pañuelo, se echó el bolso al hombro y salió de la habitación. Por mucho que tuviera la sangre en ebullición, tenía que dar una imagen de confianza y autocontrol.

«Dios mío, ¿qué estoy haciendo?», se preguntó. Iba a dejar Inglaterra para marcharse a una isla griega con un hombre al que apenas conocía, un millonario que necesitaba una falsa amante.

Llegados a ese punto lo conocía lo suficiente como para saber que no era una buena idea llevarle la contra-

ria, pero el arreglo sólo sería por un mes. Y después...
Volvería a su vida de siempre con un millón de dólares
en el bolsillo.

¿Cómo iba a ser tan duro?

Sonriendo, se abrió paso a través del vestíbulo. Los
rizos de su elegante corte de pelo botaban al ritmo del
ruido de los tacones sobre el suelo de mármol. Por una
vez su suerte estaba cambiando. Por una vez Cleo Taylor iba a tener éxito en la vida.

El portero la saludó con un toque de sombrero al
verla salir.

—Señorita Taylor —le dijo, como si fuera un huésped
de renombre, y entonces le abrió la puerta de una flamante limusina.

Ella subió dentro y se sentó en el asiento de detrás del
conductor, de frente a Andreas, que parecía totalmente
absorto en unos documentos que tenía sobre las rodillas.

—Pensé que te vendría bien algo más de tiempo —le
dijo, pasando una página sin siquiera levantar la vista.

—¿Quieres decir que me echas la culpa por ir con re-
traso?

Entonces sí que la miró a los ojos. Durante un instante pareció dispuesto a replicar, pero, fuera lo que
fuera lo que iba a decir, no llegó a salir de sus labios.
Sin embargo, su mirada decía más que mil palabras.

—¿Cleo?

—¿Acaso esperabas a otra persona?

Los documentos que tenía sobre las rodillas se cayeron a un lado del asiento, olvidados.

Ella sonrió.

—¿Y bien? ¿Crees que has gastado bien el dinero?

—¿Que si he gastado bien el dinero? —repitió él, sin
saber muy bien lo que decía—. A lo mejor todavía no.
Pero lo haré muy pronto.

Ella contuvo el aliento y sus mejillas se encendieron
de inmediato.

Él sonrió y siguió examinando los documentos. No quería terminar muy tarde esa noche. Tenía cosas mejores que hacer.

Menos de cuarenta minutos más tarde estaban listos para embarcar gracias a las eficaces diligencias de la zona VIP del London City Airport.

Al ver el pequeño jet, Cleo reconoció el logo que había visto en el equipaje de Andreas; un elegante diseño de la letra «X».

¿No es ése tu logo?

Andreas asintió.

—¿Lo conocías?

Ella sacudió la cabeza.

—¿Tienes un avión? ¿Un jet?

—No exactamente —dijo él, cediéndole el paso al subir la escalerilla—. La empresa lo alquila. Y también el helicóptero que utilizamos en Grecia para vuelos cortos. Es un arreglo beneficioso desde el punto de vista fiscal.

Ella sacudió la cabeza.

¿Acaso pensaba que estaba interesada en sus arreglos económicos?

Su primera experiencia de vuelo había sido el viaje de Australia a Inglaterra, en un vuelo comercial y en clase turista, enlatada como una sardina junto a otras trescientas almas torturadas. Por eso la idea de tener un avión propio era algo inimaginable para ella. Una limusina, un jet, un helicóptero... ¿Qué podía ser lo próximo?

—Pero debe de haber más de veinte compañías volando de Londres a Grecia cada día.

Él se encogió de hombros.

—Supongo. Pero no cuando yo quiero.

Cleo lo entendió todo rápidamente. Él siempre conseguía lo que quería, en cualquier momento y en cualquier lugar. Si se podía permitir echar un millón de dólares a la basura, entonces era que nadaba en dinero.

Una azafata la recibió con una sonrisa y la acompañó a su asiento. Cleo se acomodó y miró a su alrededor. El interior del jet era de lo más confortable. A ambos lados del pasillo central había una fila de seis mullidos butacones forrados en cuero de color gris pálido que parecían más apropiados para un salón con chimenea. La joven recordó la odisea de su vuelo a Londres; confinada en un espacio diminuto, con el asiento de delante reclinado hasta el tope y un niño tosiendo dos filas más atrás. ¿Quién no hubiera preferido semejante lujo si se lo pudieran permitir?

Andreas dejó su maletín sobre una mesa que se extendía a lo largo de la pared opuesta y entonces se sentó a su lado.

—Que disfruten del vuelo —les dijo la azafata, ofreciéndoles una copa de champán—. Enseguida despegaremos y les serviré el almuerzo tan pronto como estemos en el aire.

Andreas tomó las dos copas y le dio una a Cleo.

—Por ti —le dijo, levantando la suya—. Y por el mes que vamos a pasar juntos. Porque sea mutuamente... satisfactorio.

Cleo se detuvo justo antes de beber un sorbo. ¿Cómo era que una palabra tan sencilla sonaba tan pecaminosa en sus labios?

Él la observó por encima del borde de la copa mientras bebía el exquisito espumoso. Sus ojos refulgían con un brillo que abrasaba la piel; un brillo peligroso que daba escalofríos.

«Dios mío, ¿qué estoy haciendo aquí? Soy una impostora, una farsante...», se dijo Cleo. Sólo se había acostado con un hombre una vez en toda su vida y, sin embargo, allí estaba, jugando a ser la amante más exquisita y refinada.

Jamás se había sentido tan poco cualificada para un puesto de trabajo.

–¿No te gusta el champán?

–No tengo mucha sed. A lo mejor con la comida. ¿Cuánto dura el vuelo?

–Cuatro horas, más o menos. Desafortunadamente, como salimos tarde nos perderemos la puesta de sol. Dicen que es la más hermosa de toda Grecia. ¿Nunca has estado en Grecia?

Cleo sacudió la cabeza, llena de curiosidad.

–Ah, entonces te va a gustar mucho. Te prometo que te enamorarás de Santorini.

Su entusiasmo era contagioso y Cleo no pudo evitar sonreír.

–Oh, seguro que sí.

El jet aminoró un poco al final de la pista, los motores tomaron fuerza y entonces por fin se elevó en el aire. Era un avión ligero y rápido como una bala, nada que ver con el gigantesco armatoste del jumbo que la había llevado a Londres, vibrando y rugiendo como una enorme cafetera.

La joven se llevó la mano al estómago, esperando sentir el golpe de inercia que tanto la había mareado en la otra ocasión. Sin embargo, el suelo quedó abajo en un abrir y cerrar de ojos y el jet cortó el aire como una flecha en su ascenso. Cleo contempló las vistas bañadas por la lluvia hasta que por fin se perdieron entre los nubarrones, y unos segundos más tarde emergían de las tinieblas y los rayos del sol invadían el habitáculo.

–Tengo trabajo que hacer –le dijo Andreas, agarrando su maletín–. Pero tengo una copia del contrato para que lo revises y lo firmes. ¿Estás cómoda?

–Oh, claro –le dijo, aliviada.

Después de la ajetreada mañana que había tenido, no le vendrían mal unas horas de sosiego.

–Estaré bien –añadió, tomando los papeles que él le ofrecía.

Él la observó un momento, intentando descifrar lo que realmente estaba pensando. Sin embargo, sus claros ojos no escondían nada. Ella le devolvía la mirada sin vacilar, así que, antes de que pudiera ver más de la cuenta, bajó la vista hacia el informe.

Una mujer que no precisaba ser el centro de atención en todo momento, que no se enojaba y lo dejaba trabajar cuando era necesario... Definitivamente, Cleo Taylor era un caso raro.

Qué pena que no quisiera nada de sexo. Si era buena en la cama, entonces era la mujer perfecta.

Capítulo 7

MIENTRAS sobrevolaban el sur de Francia el cielo se despejó del todo. La línea de la costa era sobrecogedora; un caleidoscopio de múltiples colores y formas. Cleo observaba las montañas cubiertas de nieve, maravillada.

El contrato era claro y conciso. Los términos del acuerdo eran más que razonables y comprensibles, incluso para alguien como ella; un millón de dólares australianos a cambio de acompañarle durante un mes, con todos los gastos cubiertos y con un billete de vuelta a casa en primera clase. Todo parecía muy sencillo, a no ser porque Cleo sabía muy bien con qué clase de hombre estaba tratando.

En teoría, no habría nada de sexo. Sin embargo, sólo tenía que mirarlo a los ojos para sentir un extraño cosquilleo.

Entonces lo mejor era no mirarlo en absoluto. Reclinó el asiento, se quitó los zapatos y subió las piernas. Cuando llegaran a Grecia estaría cuatro horas más cerca de su hogar, más cerca de Kangaroo Crossing. Sonrió al pensar en su madre, en su abuela, en sus traviesos hermanastros, que probablemente no se habrían dado cuenta todavía de que se había marchado. Les mandaría una postal tan pronto como pudiera. Tenía que hacerles saber que ya estaba más cerca de casa.

Un rato más tarde se despertó con un sobresalto. El asiento estaba totalmente reclinado y estaba cubierta con una manta.

–Ya te has despertado –dijo Andreas, dejando a un lado el portátil–. Pronto vamos a aterrizar.

Ella se llevó una mano a la cabeza y después a los ojos. Probablemente habría arruinado sin remedio todo el trabajo del peluquero y la maquilladora.

Miró por la ventana, pero todo estaba oscuro, exceptuando unas luces que se divisaban a lo lejos.

–Me he quedado dormida.

–Estás bien –dijo él de repente.

Ella parpadeó y se volvió hacia él, sin saber si había oído bien.

Él estaba guardando el maletín, mirando hacia otra parte.

–Si es eso lo que te preocupa –añadió y entonces la miró–. De hecho, estás radiante. Creo que no te lo había dicho.

En realidad nadie se lo había dicho jamás en toda su vida, y mucho menos un hombre cuya barba de medio día no hacía más que aumentar irremediablemente su atractivo irresistible. Se había remangado la camisa y desabrochado los botones del cuello.

–Oh, gracias –le dijo Cleo, turbada. Hubiera querido pensar que el mareo que sentía era culpa de las maniobras de aterrizaje, pero no podía mentirse a sí misma.

Él volvía a tener otra vez la mirada hambrienta que había visto unas horas antes; suficiente para soltar un enjambre de mariposas dentro de su vientre.

Nadie le había dicho nada parecido en toda su vida. Nadie... Excepto Andreas. Y eso lo hacía aún más peligroso.

–Bueno, me alegro de que todo el trabajo de la mañana no haya sido en balde.

Ella se soltó el cinturón de seguridad y se incorporó para ir al aseo. Sin embargo, un segundo después el avión dio una sacudida y perdió el equilibrio. Andreas estiró un brazo, la agarró con fuerza y, un instante más tarde, había aterrizado sobre su regazo.

–No es ninguna broma –dijo él, con el alarde de siempre–. Lo digo en serio.

Cleo lo miró. Parecía tan lleno de confianza en sí mismo, tan prepotente y arrogante... Ella, en cambio, estaba hecha un manojo de nervios. La piel le ardía en todos los puntos donde había entrado en contacto con él.

De repente se estremeció, avergonzada. Podía sentir algo duro justo debajo del trasero.

–Andreas –dijo, intentando escapar de aquel contacto tan íntimo.

Él tenía los ojos cerrados y una arruga le cruzaba el entrecejo.

–Deberías dejar de moverte... –le dijo sin más y entonces abrió los ojos, que estaban llenos de deseo–. A menos que quieras rescindir la cláusula de «nada de sexo».

Ella se levantó de inmediato.

–¡No te vanaglories tanto! Fuiste tú quien me hizo caer en tu regazo, ¿recuerdas? –le dijo y se fue directamente al aseo, con la barbilla bien alta.

Él sonrió.

–¿Cómo iba a olvidarlo? Pero no era yo el que no paraba de moverse.

Había muchos ramilletes de luces encendidas a lo largo de las colinas que se alzaban a un lado, pero lo primero que Cleo notó al bajar del avión fue el aire, tan fresco y ligero que parecía bañado por el océano. Después de la atmósfera cargada de Londres, aquello era la gloria. Respiró profundamente y trató de relajarse...

Sin mucho éxito. El avión había aterrizado, pero el enjambre de mariposas que revoloteaba en su estómago seguía igual.

–Bienvenida a Santorini –dijo Andreas, estrechándola en sus brazos y dándole un beso en la cabeza de camino al coche.

Cleo se dio cuenta de que la función había comenzado, así que lo agarró de la espalda.

No era ningún sacrificio abrazarlo. Era un placer tocar aquel cuerpo firme. Además, cuanto más cerca estaba de él, más disfrutaba de su increíble aroma masculino. Sin embargo, resultaba imposible relajarse. Tenía las piernas rígidas y el cuerpo tenso. Todo era una farsa con la idea de hacer ver que eran amantes. Nada real.

–¡Sonríe! –le ordenó él–. Cualquiera diría que te llevan al patíbulo.

Ella guardó silencio.

–¿Cleo?

Ella se volvió hacia él.

–¿Sí?

De pronto él comenzó a besarla. Pero esa vez no fue un beso sutil y delicado, sino una embestida frenética y apasionada que la dejó temblorosa y mareada.

Cleo le acarició el cabello y aspiró su aliento cálido; incapaz de resistirse a sus propios impulsos. ¿Cómo podía desencadenar semejante reacción en ella con un solo beso?

De pronto él la soltó bruscamente.

–¿Qué...? ¿Qué estás haciendo? –preguntó ella, desconcertada.

Él frunció el ceño y se alisó el cabello allí donde ella se lo había alborotado.

–Vamos –le dijo con impaciencia–. Quiero que conozcas a alguien.

Cleo levantó la vista y se encontró con un cuadro impresionante. El deportivo rojo era muy llamativo, pero la rubia que estaba inclinada sobre el capó era sencillamente despampanante. Vaqueros ajustados, una camiseta blanca, un cinturón dorado y un par de sandalias con tacones de infarto. A pesar de su ropa nueva, volvió a sentirse pequeña y fuera de lugar.

—Cleo —dijo Andreas—. Quiero presentarte a Petra Demitriou, mi hombre de confianza o, mejor dicho, mi mujer de confianza, mi mano derecha.

Petra se rió y sacudió la cabeza, exhibiendo su sofisticado peinado.

—Oh, Andreas, pensaba que nunca te darías cuenta —dijo, descruzando los brazos y ofreciéndole una mano a Cleo. La miró de arriba abajo.

A juzgar por su sonrisa, la tal Petra no la había encontrado a la altura del mismísimo Andreas Xenides.

—Hola, Cleo. Siempre es un placer conocer a los invitados de Andreas.

La mujer tenía un acento tan suave como la miel. Sin embargo, su tono de voz escondía algo afilado. Era evidente que no se dejaba impresionar por el constante desfile de mujeres en la vida de Andreas.

—Gracias —dijo Cleo en un tono cordial—. Encantada de conocerte, Petra —le estrechó la mano.

Los dedos de Petra eran largos y fríos, pero el contacto no duró más que un instante. Un segundo más tarde, había retirado la mano y le ofrecía las llaves del coche a Andreas.

—Pensé que te gustaría probarlo. Es el último modelo. Ha llegado hoy mismo —dijo, refiriéndose al fastuoso deportivo—. Cleo y yo iremos detrás.

La joven la miró de reojo y entonces advirtió un toque amargo en su expresión justo antes de que se convirtiera en una sonrisa radiante.

—Podemos conocernos mejor mientras Andreas prueba su nuevo juguete.

—Estupendo, gracias —dijo Cleo, tratando de convencerse a sí misma de que no había una segunda intención en sus palabras.

—¿Por qué has venido tú en lugar de mandar a Nick?

—le preguntó Andreas en un tono serio y de pocos amigos.

Petra se rió y le entregó las llaves. Sus labios fruncidos formaban un círculo perfecto y seductor.

Andreas recordaba muy bien aquella pose. Era exactamente la misma que había puesto aquel día en el restaurante de Oia. Entonces le había dicho que había bebido demasiado y le había pedido que la llevara a casa, sin quitarle la mano del muslo durante todo el viaje.

—Sé lo mucho que deseabas darte un paseo en coche. Pensé que la sorpresa te gustaría mucho.

Andreas apretó los dientes y soltó el aliento. Esa noche nadie había bebido demasiado y el único paseo que él quería darse estaba fuera de su alcance. Sin embargo, la constante insinuación de Petra, incluso después de haberse presentado allí del brazo de otra mujer, sólo le servía para confirmar que había hecho lo correcto.

Por suerte había sido lo bastante previsor como para buscarse una acompañante, pero, Cleo estaba tan tensa en sus brazos como una muñeca de plástico. ¿No podía ser un poco más convincente? Ni siquiera había sido capaz de devolverle el beso con pasión para demostrarle a Petra cuánto se deseaban y, para colmo, le había preguntado qué estaba haciendo, como si se hubiera tomado una libertad que no le correspondía.

Ver a Petra en el aeropuerto no había sido nada agradable. ¿Acaso pensaba que se olvidaría de su nueva conquista con sólo mirarla? ¿O acaso había pensado que era todo mentira y que no había ninguna otra mujer? Aquella ropa provocativa y ceñida no dejaba lugar a dudas. De pronto Andreas fue capaz de ver a su mano derecha desde otra óptica completamente desconocida. Siempre había sido una buena profesional, pero hasta ese momento nunca había sabido lo astuta que era.

—¿Te importa conducir, Petra? Cleo y yo hemos tenido un día muy largo, ¿no es así, cariño?

Cleo lo miró con ojos perplejos, pero él decidió ignorarla. Le abrió la puerta del coche y la ayudó a subir.

Sin elección, Petra no tuvo más remedio que sonreír y sentarse en el asiento del conductor.

—¿Habéis comido? —dijo un segundo después, arrancando el motor—. Os he hecho una reserva en Poseidón.

Andreas se dio cuenta de que a Petra no se le escapaba una. Eso era lo que él solía hacer cada vez que llegaba con una mujer a última hora de la tarde. A veces llegaban a tiempo para ver el atardecer, y otras veces no, pero una buena bandeja de marisco acompañada de una ensalada de olivas, queso feta y tomates frescos, era todo lo que necesitaban para reponer fuerzas para la noche.

Pero esa noche no. Cleo parecía demasiado nerviosa y lo mejor era irse a casa.

—No, llévanos directamente a casa. Comimos muy tarde, así que cenaremos luego.

Petra guardó silencio. No obstante, Andreas podía oír su mente, maquinando el próximo movimiento. ¿Hasta dónde sería capaz de llegar?

Miró hacia Cleo, sentada junto a él como un vegetal, mirando por la ventanilla como si estuviera en un autobús turístico.

«Maldita sea, ¡se supone que debería estar interesada en mí!», se dijo, enojado.

Se inclinó hacia ella y le puso un brazo sobre los hombros.

Ella se sobresaltó un poco y Petra miró hacia ellos a través del espejo retrovisor.

—Fira no está muy lejos —le dijo Andreas a Cleo a medida que ganaban velocidad por la autovía que salía el aeropuerto.

Unos minutos más tarde, después de pasar varios pueblos pintorescos y hoteles de paredes encaladas, llegaron a la costa de la isla, que estaba algo más poblada.

A un lado había una suave pendiente y las luces del aeropuerto se divisaban a lo lejos en la oscuridad de la noche. Al otro lado, el terreno descendía hacia un abrupto acantilado que se hundía en el mar en calma.

–No se aprecia muy bien en la oscuridad –dijo Andreas, acariciándole el brazo–. Pero Santorini es un archipiélago compuesto de varias islas, los restos de una erupción volcánica. Fira, la capital, está construida en la boca de un cráter. Las luces que ves a lo lejos son de la ciudad de Oia. Es una ciudad muy bonita, igual que Fira. Tiene muchas calles adoquinadas y estrechas y magníficos edificios restaurados, de más de un siglo de vida. Algunos dicen que el atardecer de Oia es el mejor del mundo. Podemos ir si quieres.

–Oh, claro. Me gustaría mucho –dijo Cleo, en un tono entusiasta.

De repente se oyó un ruido proveniente del asiento delantero, seguido de un pequeño carraspeo y de un ataque de tos.

–Andreas tiene razón, Cleo –dijo Petra, conduciendo el coche a través de una sucesión de calles cada vez más estrechas; portones de hierro... jardines llenos de flores que llamaban la atención de Cleo–. Sólo es una pequeña isla, pero hay mucho que ver en Santorini. ¿Vas a quedarte mucho tiempo?

Cleo miró a Andreas. Él tenía el ceño fruncido.

–Me quedaré unas semanas, o quizá menos.

Petra arqueó las cejas al tiempo que aparcaba delante de un garaje privado. El edificio, de ladrillo rojo, habría pasado desapercibido en un lugar como Venecia. La puerta automática no tardó en abrirse.

–¿Tanto tiempo? Te lo pasarás muy bien. Será como unas vacaciones.

–Claro –dijo Andreas.

Petra metió el coche en el garaje y se detuvo.

—Pero probablemente se quede más tiempo —añadió él.

—¿Por qué has dicho eso?

Petra les había dado las buenas noches y se había retirado a su habitación. Sin embargo, Cleo no había sido capaz de ahuyentar aquellas palabras de su mente; tanto así que apenas se había fijado en los detalles de la casa.

—¿Qué? —dijo Andreas en un tono casi de aburrimiento, mientras les daba instrucciones al personal para que retiraran el equipaje.

Había demasiada tensión en sus pasos, en sus movimientos.

—¿Por qué has dicho que a lo mejor me quedo más tiempo?

—Porque tal y como lo has dicho ha sonado como si no tuvieras intención de quedarte en absoluto.

—No sabía si tú querías —dijo ella.

—Y yo pensaba que teníamos un trato.

A lo mejor era cierto, pero ella sabía que por el momento él no estaba satisfecho con sus dotes teatrales.

—Petra es muy hermosa.

Él se encogió de hombros.

—¿Sí? Es muy buena en su trabajo.

—Y vive aquí contigo, ¿no? En esta... —miró a su alrededor—. En esta casa —dijo, contemplando los muebles de época y los exquisitos apliques en la pared.

—Las oficinas de Xenides Properties están aquí. Yo suelo estar fuera y Petra trabaja hasta tarde. Es un arreglo que funciona muy bien para todos.

No había ni rastro de emoción en sus palabras. De hecho podría haber estado hablando de cualquier empleado.

A lo mejor se había equivocado. A lo mejor no había habido nada entre ellos después de todo.

–Ya hemos llegado –había un par de puertas de madera labrada al final de pasillo.

Él las abrió de par en par y Cleo abrió los ojos, maravillada.

–El salón –dijo él, sin detenerse.

Ella se detuvo un instante y miró a su alrededor, boquiabierta.

A esas alturas debería haber estado acostumbrada al lujo de las suites de los hoteles de Londres, al jet privado con asientos de cuero y champán...

Pero no.

No pudo evitar sorprenderse al ver la opulencia de su vida diaria. La habitación en la que se encontraban era lo bastante grande como para albergar a toda su familia.

–¿Cuánto dinero tienes?

Él se volvió y la miró a los ojos.

–¿Acaso importa? –le preguntó con una fría mirada en los ojos.

–Bueno, no. Es que...

–No tengas miedo. Tengo más que suficiente para pagarte.

Aquellas palabras no deberían haberle hecho daño. Sin embargo, no fue así.

–Vamos –añadió él, aflojándose la corbata y señalando una puerta al final de la habitación–. Terminemos de una vez.

Capítulo 8

¿UÉ...? ¿Qué quieres decir?

Andreas suspiró. ¿En qué estaba pensando cuando había contratado a esa mujer como una falsa amante? Cleo tenía muy poco de actriz y se comportaba como un rígido bloque de cemento. Era un completo desastre y seguiría siéndolo, a menos que superara de una vez el problema que tenía con él.

Arrojó las llaves del coche sobre una mesa, pero éstas resbalaron y cayeron al suelo con gran estruendo.

Detrás de él, Cleo se sobresaltó, como si le hubiera tirado las llaves a la cara.

—¿Qué crees que quiero decir? —se quitó la corbata y la chaqueta.

Ella estaba inmóvil, en el umbral del dormitorio, observándole mientras se quitaba los zapatos, los calcetines, la camisa... Quiso apartar la vista, pero no fue capaz.

—¿No podías haber fingido un poquito nada más? ¿Por qué tienes que saltar como si te estuvieran electrocutando cada vez que te toco?

—Porque sí que me sorprendes. ¡No puedo evitarlo! Él masculló un juramento.

—Deberíamos haber dormido juntos anoche. Malgastamos una oportunidad perfecta para acostumbrarnos el uno al otro.

Se quitó los pantalones y los echó a un lado con el pie.

Cleo hubiera querido hacerle tragarse su arrogancia

y prepotencia. Él sabía muy bien que las empleadas del hogar irían a recoger la ropa más tarde; su riqueza le permitía ser de esa manera. Sin embargo, no era capaz de dejar de mirar aquellos músculos bien torneados, la piel bronceada.

—No entiendo —le dijo—. Ya te dije que no estaba preparada para acostarme contigo.

Él la miró a los ojos.

—No. No lo hiciste. Dijiste que nada de sexo. Yo te dije que habría momentos en que tendríamos que compartir una cama y tú no pusiste objeción. Vamos, quítate la ropa.

Cleo se quedó boquiabierta.

«Quítate la ropa...».

Aquella orden había sido del todo inesperada.

—Andreas, yo...

Él se dirigió hacia el cuarto de baño sin decir nada más. Un momento más tarde regresó y se la encontró en la misma posición.

—¿Vas a acostarte con la ropa puesta? Bueno, por lo menos no tendré que lidiar con ese horrible pijama de franela —finalmente se quitó los calzoncillos negros que llevaba puestos y se quedó completa y gloriosamente desnudo ante ella.

Era tan hermoso... Con sólo mirarlo una vez, la sangre bullía en las venas de la joven. Cerró los ojos y tragó en seco mientras él se metía en la cama.

—Anoche... Anoche tenía mi propia cama. ¿Por qué no puedo tenerla ahora? —le preguntó.

—Anoche estábamos en Londres. Ya te dije que quizá tuviéramos que dormir juntos para mantener las apariencias. Dado que sólo hay un dormitorio y que mi despacho está aquí, no sería nada bueno que se extendiera el rumor de que mi última conquista está durmiendo en el sofá, y yo, desde luego, no tengo intención de hacerlo. No te preocupes. Tampoco eres tan irresistible.

Se apoyó en un codo y la taladró con la mirada.

—Estoy perdiendo la paciencia, Cleo. ¿Te vas a quitar la ropa? —le dijo, amenazante—. ¿O es que voy a tener que ir hasta allí y quitártela yo mismo?

Ella sacudió la cabeza. Una bola de miedo se empezaba a formar en su estómago. Un segundo después fue hacia el cuarto de baño. Se miró en el espejo y trató de calmarse echándose un poco de agua en la cara. Todavía no le habían llevado el equipaje o, por lo menos, él no le había dicho nada. Se quedó en bragas, sujetador y camisola, y se puso un albornoz encima.

Unos minutos más tarde salió a la habitación y se encontró con las luces atenuadas. Andreas parecía dormido.

Sin hacer ruido, caminó hasta la cama, lo miró un instante y entonces se decidió. Se soltó el cinturón del albornoz, apagó las luces y se metió debajo de las mantas. Trató de arrimarse lo más posible al borde, de forma que él no advirtiera su presencia. Su respiración era lenta y regular, nada que ver con los latidos desbocados de su propio corazón.

En vilo, lo escuchó respirar durante un rato hasta que el telón del sueño descendió por fin sobre sus párpados.

Al día siguiente Cleo se levantó con la luz del sol, que se derramaba a borbotones por los ventanales altos y estrechos. Estaba sola, en una mansión centenaria en una isla griega, y la noche antes había dormido con un auténtico millonario griego; uno que había respetado los términos del acuerdo.

Un escalofrío la recorrió por dentro. Cuatro semanas, decía el contrato. Pasaría cuatro semanas compartiendo la cama con Andreas. Sin embargo, después de la noche anterior, la idea no parecía tan aterradora. Instantáneas aisladas de la noche pasada invadieron sus recuerdos. Una mano cálida, el calor de sus muslos, el aliento en el cuello, y el tacto de unos labios...

No. Debía de haber estado soñando.

Se puso el albornoz que había dejado al borde de la cama y en ese momento empezó a sonar el reloj de la repisa del hogar.

¡Las diez de la mañana!

Aunque hubiera una diferencia de dos horas entre Londres y Santorini, llevaba meses sin dormir hasta tan tarde. Andreas ya debía de haberse ido a trabajar horas antes.

Se dirigió hacia el cuarto de baño y entonces vio algo a través de las cortinas de la ventana; un intenso color azul que se movía al ritmo de la brisa.

Curiosa, Cleo retiró la cortina y entonces se quedó sin aliento. Había una terraza al otro lado de la ventana, blanca y reluciente bajo el sol de la mañana. Y debajo el terreno descendía en un abrupto acantilado contra el que rompían las olas. El mar, en calma, se extendía hasta otra isla que se divisaba a lo lejos, llena de hermosas casitas blancas. Y a la izquierda había otra isla más, grande y oscura.

Santorini... El hogar de Andreas, el lugar que sólo había visto en catálogos de viajes de lujo... Y tenía cuatro semanas para disfrutarlo, para compartirlo con él...

—Estás despierta.

Cleo dio media vuelta de un salto. Él estaba de pie en el umbral. Parecía tan fresco como la mañana, con el pelo mojado, camisa blanca y unos pantalones que realzaban su figura masculina.

La joven se estremeció al recordar la noche anterior. Habían compartido la intimidad del dormitorio, pero nada más. Sólo podía esperar dormir a su lado, pero eso era más que suficiente para despertar un cosquilleo que la hacía temblar de pies a cabeza.

—Pensaba que te habías ido al trabajo.

–Tenía que ocuparme de algunas cosas –se detuvo frente a ella y deslizó la mano por su cuello, acercándola un poco más.

Cleo se dio cuenta de que iba a besarla, pero no hizo ningún intento por apartarse. Sus ojos se cerraron con un suspiro. Él se había ceñido al trato y un beso estaba dentro de los límites que ella había impuesto.

–Bien. No has dado un salto –dijo, soltándola bruscamente justo antes de rozarle los labios.

Ella parpadeó y se estremeció un momento.

–¿Qué?

–Parece que ya te estás curando de ese hábito que tienes de saltar cada vez que te toco. Es un buen comienzo. A lo mejor ahora resultas un poco más convincente.

–Oh, claro –se miró los pies y se echó el pelo atrás.

Había sido una tonta al pensar que iba a besarla. ¿Cómo había podido sucumbir así?

–Eso es bueno –añadió. Dio media vuelta, pero entonces se detuvo–. Van a servir el desayuno en la terraza, por si tienes hambre.

Ella asintió. Lo miró a los ojos y trató de buscar un atisbo de calidez como la que había sentido la noche anterior. Pero no había nada en ellos.

Tan sólo había sido un sueño.

–Volveré en cuanto me vista.

Cleo se dijo que no había nada por lo que sentirse decepcionada. Se dio una ducha en el lujoso cuarto de baño de mármol. El chorro de agua tibia consiguió aclararle las ideas y devolverle el sentido común. ¿Qué problema tenía? Tenía un trabajo que hacer durante cuatro semanas y después volvería a casa, convertida en una millonaria. La ternura era un asunto aparte.

Salió a la terraza y entonces cualquier sensación negativa se desvaneció. Lo que había visto a través de la ventana del dormitorio era mágico, pero desde la misma terraza, la vista era simplemente sobrecogedora.

Podía divisar todas las islas; la suave curva de oscuros acantilados sobre los que se asentaban numerosos pueblos de casas blancas; como una tarta de chocolate cubierta de nata.

Andreas ya estaba sentado frente a la mesa, pero aunque su estómago no parara de quejarse, estaba demasiado emocionada como para sentarse a comer. ¿Cómo iba a pensar en comer cuando tenía tantas cosas que admirar y contemplar?

Miraba hacia el horizonte, más allá de las aguas cristalinas, y respiraba el aire fresco y puro. La luz era espectacular, mucho más parecida al cálido resplandor del sol de su casa de Australia que a la neblina gris que tan a menudo rodeaba la ciudad de Londres. Todo estaba claramente definido bajo aquel sol radiante y se divisaban islas que estaban muy lejos del anillo de acantilados.

A ambos lados se extendía la ciudad de Fira, asentada en lo alto de los acantilados; una jungla de edificios amontonados adornados con hermosos tiestos de buganvillas; un laberinto de callejones estrechos y escaleras en el que sería un placer perderse. Mucho más abajo, en la orilla, había dos cruceros atracados en el puerto.

–¿Qué te parece?

Andreas se detuvo a su lado y le puso el brazo sobre los hombros.

«Apariencias», se dijo ella. «Sólo intenta guardar las apariencias ante la empleada que está sirviendo el café».

–Es el lugar más bonito que he visto jamás. No sé cómo puedes soportar la idea de tener que irte de aquí una y otra vez.

Él sonrió como si su reacción lo complaciera mucho.

–Siempre es bueno volver a casa. Vamos –la hizo rodear la terraza y señaló otras islas–. Ésta es la isla principal, llamada Thera. La isla que está enfrente se llama Therassia, y la pequeñita que está en el medio se conoce como Aspronisi.

—¿Y ésa? —preguntó Cleo, señalando la isla oscura que había visto antes.

—Ésa es Nea Kameni, el volcán.

Ella dio media vuelta.

—¡Un volcán!

Él se echó a reír.

—Como te dije anoche, este archipiélago de islas y estos acantilados son los restos de una erupción volcánica que tuvo lugar hace miles de años. La cámara del volcán se llenó de agua de mar y provocó una gran explosión que lo hizo colapsarse sobre sí mismo. Todo lo que queda es este anillo de islas.

A pesar de los cálidos rayos de sol, Cleo se estremeció. Los acantilados de la isla formaban un enorme cráter. ¿Cómo podía surgir algo tan hermoso de tanta devastación?

—Pero ahora es seguro, ¿no?

—Oh, claro. El volcán lleva muchas décadas sin entrar en erupción.

Cleo cruzó los brazos sobre el vientre.

—¿Entonces todavía está activo?

Andreas se encogió de hombros y esbozó una sonrisa seria.

—El volcán se está reconstruyendo a sí mismo. A veces la isla ruge y otras veces nos hace notar su presencia de otras formas, soltando un poco de vapor... Pero por lo demás el suelo siempre está quieto. Sin duda estás mucho más segura aquí que en las calles de Londres.

Ella soltó el aliento.

—A lo mejor tienes razón, pero Kangaroo Crossing me parece un lugar cada vez más atractivo. No tenemos estas vistas. Allí no hay nada excepto polvo rojo y arbustos *Spinifex* que se pierden en el horizonte, pero por lo menos no hay sorpresas desagradables.

−¿Entonces no tenéis serpientes o arañas venenosas? ¿Qué parte de Australia es?

Cleo se sonrojó.

−Vamos −dijo Andreas−. Comamos algo. Después tengo que volver al trabajo. Hay una piscina en la terraza del piso inferior, pero, si lo prefieres, puedes dar un paseo por el pueblo. ¿Crees que podrás entretenerte durante el día?

−Claro. Por supuesto −dijo Cleo, sorprendida por su aparente interés en ella.

Al sentarse a la mesa la boca se le hizo agua. El desayuno parecía más bien un festín por todo lo alto. Había boles de cremoso yogur con miel, bandejas llenas de pastas de té, pasteles, una selección de quesos y mucha fruta.

−Bien −dijo él−. Y esta noche veremos la puesta de sol y entonces comprenderás que no es tan malo vivir encima de un acantilado enfrente de un volcán.

−Te tomo la palabra −dijo Cleo satisfecha de haberle arrancado una sonrisa.

«Refrescante».

Ésa era la palabra.

Andreas se dirigió hacia el complejo de oficinas situado dentro de la mansión.

Había una inocencia en ella, una falta de sofisticación que resultaba encantadora.

¿Cómo podía tener miedo de vivir en Santorini si venía de un lugar donde habitaban muchas especies peligrosas? Sus temores eran de risa.

−Andreas, por fin has vuelto −Petra estaba apoyada en el borde de su escritorio, con las piernas cruzadas y sonriente−. Ha llamado tu madre.

La exhibición de piernas por debajo de la generosa abertura de su falda no pasaba desapercibida. Era la primera vez que le veía esa falda. ¿Era cosa de su imaginación o Petra estaba intentando llamar su atención?

—¿Ha dejado algún mensaje?

—Me dijo que le gustaría que fueras a verla. Dice que lleva siglos sin verte. Le dije que la llamarías luego.

Andreas se preguntó qué más podía haberle dicho.

—¿Algo más?

Petra pareció algo incómoda. El café que había llevado para los dos estaba sobre la mesa, intacto y olvidado. A esa hora del día solían reunirse en su despacho para tomar un café y discutir los asuntos del día. Sin embargo, era evidente que aquel ritual diario significaba algo más para ella.

—No, nada —se incorporó, se alisó la falda con las manos y sacó pecho.

Andreas observó todos sus movimientos con condescendencia; tan distintos a la ingenuidad sin dobleces de Cleo. Ella no tenía que jugar para llamar la atención. Él se había fijado en sus atributos mucho antes de que los expertos del maquillaje obraran su magia. La suya era una belleza natural, frágil, escondida bajo toda una vida de decepción y desengaño.

Cleo era mucho más de lo que podía desear. Tenerla en la cama la noche anterior sin poder tocarla había sido una terrible tortura. Sólo se había atrevido a abrazarla después de tener la certeza de que se había quedado dormida, y entonces había aspirado el aroma de su cabello, de su piel. Sin darse cuenta ella se había arrimado a él y había tenido que hacer uso de todo su autocontrol para dejarla dormir.

—Aunque... —añadió Petra de repente.

Andreas levantó la vista.

—Creo que debería recordarte el baile de los Kalistos esta noche. Imagino que llevarás a Cleo. De lo contrario tú y yo podríamos ir...

—Claro, iré con Cleo —dijo, interrumpiéndola.

Petra se marchó, sin elección.

Andreas se recostó en el respaldo de la silla y reprimió un quejido. ¿Qué le estaba ocurriendo?

La fecha estaba bien marcada en su calendario y, sin embargo, se le había olvidado por completo. En esos momentos sólo era capaz de pensar en Cleo y en la puesta de sol.

No obstante, era de vital importancia asistir a ese evento. Kalistos todavía tenía que darle la última palabra respecto a la millonaria propuesta de fusión de sus empresas y no podía darse el lujo de faltar a la cita. En cuanto a llevar a Cleo con él, le hubiera gustado disponer de unos días más para llegar a tener más confianza con ella antes de presentarla en sociedad, pero no tenía tanto tiempo.

Cleo jamás había estado tan nerviosa en toda su vida. Se había preguntado muchas veces por qué *madame* Bernadette había insistido en que llevara tantos vestidos. Unas vacaciones en una isla griega no deberían haber requerido tanta etiqueta. Y sin embargo, allí estaba, enfundada en un traje de noche color dorado, anudado al cuello y el cabello en un sofisticado recogido con rizos sueltos. Andreas le había mandado al peluquero a la habitación, así que no había tenido tiempo de dar un paseo.

Él, por su parte, no había ayudado mucho a tranquilizarla. Nada más verla, había silbado suavemente, sin decir ni una palabra.

—Constantine Kalistos es uno de los hombres de negocios más prominentes de la isla. También es un político destacado y es dueño de la mayor compañía naviera de toda Grecia —le dijo, mientras conducía rumbo al puerto—. Se está pensando un negocio que yo le propuse y ésa es la razón principal por la que estamos aquí esta noche. Es un anfitrión excelente, pero, por otro lado, no sale barato ofenderle.

Cada vez más nerviosa, Cleo trató de absorber toda la información. El coche se detuvo junto a un muelle iluminado con bombillas de colores. Un chorro de música brotaba del enorme yate atracado en el puerto. Parejas elegantes con trajes de firma y vistosas joyas bajaban de las limusinas y deportivos.

«Ayuda», se decía Cleo, aterrorizada. Ella nunca había estado en un barco más grande que una canoa y jamás había asistido a una gala más glamurosa que el baile de solteros de Kangaroo Crossing, donde los sombreros *Akubra* abundaban casi tanto como las pajaritas. Tragó en seco. Allí no había más que pajaritas

Andreas la tomó de la mano y juntos avanzaron hacia la entrada. Nunca se había sentido tan agradecida de tenerlo a su lado. Estaba tan nerviosa que temía caerse de los vertiginosos tacones que llevaba puestos, sobre todo con el movimiento de las planchas del puerto flotante bajo sus pies.

—Relájate —le dijo Andreas en un susurro—. Y sonríe. Estarás bien —de pronto empezó a tirar de ella y en cuestión de segundos estaban sobre la cubierta del barco, en medio de aquella multitud repleta de joyas y elegancia. Todos saludaban a Andreas con entusiasmo y le lanzaban miradas curiosas.

Cleo, por su parte, se preguntaba cómo era posible que una chica de Kangaroo Crossing hubiera terminado en un sitio como ése.

—¿Te encuentras bien? —le preguntó él de repente, haciendo una pausa entre saludo y saludo.

Ella lo miró a los ojos, confusa.

—Pensaba que querías algo. Me has apretado el brazo.

Ella sonrió y asintió.

—Estoy bien —le dijo finalmente, deseando que el enjambre de mariposas que tenía en el estómago se disipara de una vez.

De repente ocurrió algo entre ellos; una chispa fu

gaz, una conexión misteriosa. Cleo no sabía cómo llamarlo, pero sí lo sintió en su mirada y tuvo la certeza de que él también lo había sentido. ¿Y qué importancia tenía que la única cosa que los uniera fuera un acuerdo de negocios? ¿Era tan malo sentirse atraída por él?

Alguien le dio una copa de champán justo al tiempo que el barco salía del puerto. Y entonces Cleo sintió el primer latigazo de inquietud con el vaivén del barco. Poco a poco el yate fue ganando velocidad y se preparó para hacer el recorrido entre las islas.

La joven rezó para que muy pronto llegaran a aguas tranquilas y trató de esbozar una sonrisa. Andreas no paraba de presentarle a más y más gente, pero todos parecían impasibles ante el desagradable balanceo del barco.

Finalmente, dejó a un lado la copa de champán y agarró un vaso de agua. Sin embargo, eso no bastó para calmar su revuelto estómago. El aire fresco de cubierta tampoco ayudaba mucho. Las luces de las casas parpadeaban sobre los acantilados.

Unos segundos más tarde, gotas de sudor caían sin cesar sobre la frente de la joven, cada vez más mareada.

–Andreas... –le dijo, llevándose una mano al vientre–. No me encuentro...

–¡Andreas! Ahí estás.

Cleo retrocedió y le dejó saludar a los invitados, preguntándose si podía escabullirse de allí sin que nadie se diera cuenta. El hombre al que estaba saludando apenas le llegaba a los hombros, pero lo que le faltaba de altura le sobraba alrededor de una generosa barriga. Sus rasgos, arrugados y rozagantes delataban una larga vida de excesos.

–Constantine –dijo Andreas–. Siempre es un placer verte. Te presento a Cleo Taylor, de Australia.

–Ah –dijo el hombre con entusiasmo, mirándola de arriba abajo y tomándole la mano con galantería–. Entonces el placer es mío –estiró una mano e hizo señas a su alrededor–. Bueno, ¿qué le parece el recorrido?

Cleo ya no pudo aguantar más. El estómago le dio un vuelco irremediable y entonces supo que era demasiado tarde. Si abría la boca, estaba perdida. Puso el vaso de agua en la mano de Andreas y corrió hacia el cuarto de baño.

Capítulo 9

EN QUÉ estaba pensando? Cleo no tenía remedio. Una muñeca hinchable hubiera representado mejor el papel. Y la mirada que Constantine le había lanzado al bajar del barco hablaba por sí sola. La situación no parecía tener arreglo inmediato. Y para colmo, la mirada de Petra...

«Ya te lo dije...», parecía querer decir.

El coche ascendió por el empinado camino que bordeaba el acantilado. Las luces del yate de Constantine se dirigían mar adentro nuevamente. La música y la risas llegaban hasta ellos, transportadas por la brisa.

Cleo guardaba silencio y miraba por la ventana.

«Maldita sea», se dijo Andreas, furioso.

¿Era demasiado pedir a cambio de un millón de dólares?

Con los zapatos en una mano, Cleo se dirigió directamente al cuarto de baño y se cepilló los dientes, no una, sino varias veces. Andreas no le había dirigido la palabra durante todo el camino de vuelta, pero ella sabía que ese silencio candente no tardaría en entrar en erupción. El barco había tenido que regresar al puerto a propósito para dejarlos en tierra.

Ya no había nada que hacer. Era consciente de que le había decepcionado, y probablemente habría arruinado un acuerdo de millones de euros. Pero ella le había advertido que no era la mujer adecuada para el trabajo.

Quizá esa vez sí la escuchara. Quizá así la dejaría ir de una vez, si no la echaba de la casa sin contemplaciones.

A punto de echarse a llorar, la joven suspiró. ¿Qué importancia tenía? De una forma u otra, se iba a casa.

Él estaba sentado en la cama, quitándose los zapatos.

–¿Por qué no me dijiste que te mareabas en los barcos? –le preguntó sin levantar la vista.

Ella se detuvo justo antes de abrir el armario.

–A lo mejor no lo sabía.

Esa vez él sí levantó la vista y la miró con escepticismo.

–¿Y cómo podrías no saberlo?

–Nunca había subido a un barco. No es algo común en el lugar de donde vengo.

Él respondió con un ligero gruñido.

–Podría haber sido peor –añadió ella, tratando de sonar ligera y optimista.

–¿Eso crees? ¿De verdad crees que podría haber sido peor?

–Claro. Podría haber vomitado encima de vuestros impecables trajes.

–Bueno, podrías haberlo hecho. A estas alturas, da lo mismo.

Ella cerró los ojos y se tambaleó contra la puerta. Lágrimas amargas se derramaron de sus ojos.

Podía oírle desvestirse al otro lado de la habitación.

–Lo sé. Lo siento –respiró hondo y sacó su mochila del fondo del armario–. No volverá a pasar. Es imposible que vuelva a pasar.

Andreas pareció salir de la nada. De repente la agarró de los brazos y la hizo darse la vuelta.

–¿Qué demonios estás haciendo?

Cleo abrió los ojos, pero no se atrevió a mirarlo a la cara. Él estaba desnudo de cintura para arriba.

–No puedo hacerlo, Andreas.

Él le quitó la mochila de las manos.

–Me voy a casa.

–No puedes irte. ¡Tenemos un acuerdo!

–No puedo hacer esto. Lo siento. Soy un desastre y tú lo sabes.

–¡No! Eso no es cierto –dijo Andreas, sin saber de dónde venían esas palabras.

Él mismo había opinado igual un rato antes. Sin embargo, no había respuesta para aquella reacción incomprensible. Sólo sabía que no podía dejarla ir; no podía dejarla salir de su vida, no de esa manera, no después de haber conocido su sonrisa maravillosa, la sonrisa que le había arrebatado esa noche.

Ella trató de escabullirse, pero él la acarició en el cuello.

–No tienes que intentar ser amable conmigo. Sé que estás enfadado y tienes todo el derecho. Te dije que no era la persona adecuada para este trabajo. Soy una empleada de limpieza. Una fregona que salta de miedo cada vez que la tocas; una fregona que acaba de descubrir que se marea en los barcos. No creo que te convenga mucho.

–Algunas veces no.

Ella parpadeó y lo miró con ojos incrédulos, frunciendo el ceño.

–¿Qué?

–No siempre saltas. Ahora mismo no te has sobresaltado. Y te estoy tocando. Y me gustaría seguir haciéndolo.

Las pupilas de Cleo se dilataron.

–¿Andreas?

Él respondió a su pregunta de la única forma que sabía... Con un beso que esperaba la hiciera entender que quería que se quedara, que no quería que se fuera. La estrechó en sus brazos y sintió el cálido tacto de su vestido, resbaladizo y seductor sobre la piel.

–Quiero hacerte el amor, Cleo –le dijo de repente

Ella estaba sin aliento, tratando de recuperar la cordura.

–El contrato...

–Esto no tiene nada que ver con el contrato. Esto es entre tú y yo. Haz el amor conmigo, Cleo.

¿Lo decía en serio? Sus pensamientos estaban nublados y sus sentidos desbordados. ¡Cómo podía hacerla sentir tantas cosas con la yema del dedo sobre sus pechos!

–Haz el amor conmigo –repitió él, suplicante.

No estaba jugando limpio. El acuerdo era muy claro al respecto y, sin embargo, Cleo no podía guiarse por el sentido común. Aquel asalto inesperado era como una droga que enredaba la lógica y la razón, que la nutría por dentro y por fuera, dándole lo que deseaba de él.

Él deslizó las manos por sus brazos, capturó sus pechos y la hizo soltar el aliento de golpe.

–Haz el amor conmigo.

La única respuesta que Cleo pudo ofrecerle fue desabrocharse el cuello del vestido y dejar que el fino tejido se deslizara hasta caer sobre las manos de él. Él gimió profundamente y la tomó en brazos como si fuera un premio. La tumbó sobre la cama y le bajó el traje hasta descubrirla de cintura para arriba. Ella le observaba mientras él la observaba a ella, con las manos alrededor de su cuello. Él tenía los ojos velados por el deseo y ella sabía que jamás había anhelado tanto algo.

Y entonces no fue capaz de sentir nada más allá del éxtasis provocado por el tacto de unos labios calientes sobre sus pechos; la lengua de Andreas rodeándole el pezón.

–Andreas –le dijo en un tono de súplica, sin saber muy bien lo que quería.

Él gruñó y entonces se apartó, dejando que el frío aire invadiera el espacio entre ellos. Sin embargo, un momento después estaba lamiéndole el otro pezón, masajeándole la piel con ambas manos y moldeando su carne.

Desde algún lejano lugar Cleo sintió su mano en la espalda y entonces oyó el sonido de una cremallera. Tan sólo un momento después él le quitó el vestido y comenzó a besarla en el abdomen. En algún momento ella enredó las manos en su cabello, copioso y sedoso. Las ondas de su pelo se le enroscaban entre los dedos.

Y entonces ya no quedó nada entre ellos excepto la ropa interior; nada que pudiera esconder la lujuria que los había poseído.

«Oh, Dios mío», se dijo Cleo.

El pánico creció a medida que la mano de él descendía sobre su cuerpo, desde los hombros, pasando por el pecho y por el vientre hasta llegar ahí; al punto más sensible de su feminidad, que palpitaba de deseo. Los dedos de Andreas se deslizaron por dentro del fino tejido de la braguita de encaje y empezaron a masajear, volviéndola loca de placer. Y entonces, con mucha suavidad, él entreabrió sus labios más íntimos y ella arqueó la espalda. En ese momento podía sentir lo que él sentía; la calidez, la humedad que permitía que las puntas de sus dedos masculinos se deslizaran como el satén sobre la seda. Con la punta del pulgar masajeaba un punto sensible que era el centro de la agonía y del éxtasis. La tensión crecía y crecía sin parar hasta que los dos terminaron gritando en busca del clímax.

Los labios de él encontraron uno de sus pezones y entonces fue Cleo quien gritó. Su mundo acababa de hacerse añicos en una explosión de color y sensaciones que la dejaría exhausta y jadeante en las manos de él.

Ella respondía mejor de lo que jamás hubiera imaginado y la deseaba más que nunca. Andreas se quitó la ropa interior rápidamente, se puso la protección y empezó a besarla de abajo arriba, colocándose encima de ella. Siempre había sabido que disfrutaría mucho de su cuerpo. Ella era voluptuosa y exquisita, y sus pechos le cabían en las manos a la perfección.

De pronto su miembro erecto palpitó con más fuerza, listo para entrar en acción. Sin embargo, él se tomó un momento más para lamer uno de sus rosados pezones. Le apartó el pelo de la cara, tocó su mejilla con los labios, y encontró el sabor de la sal.

—¿Estás llorando? ¿Te he hecho daño? —le preguntó, alarmado.

A pesar de las lágrimas que corrían por sus mejillas, ella sacudió la cabeza y se frotó los ojos con una mano.

—Lo siento. No me había ocurrido nunca. No sabía...

Andreas tuvo un momento de confusión y entonces se incorporó de un salto, furioso.

—¡Eres virgen! ¡*Vlaka!*

Se levantó de la cama y se puso un albornoz, dándole un tirón salvaje al cinturón.

La joven yacía acurrucada en un rincón de la cama, con la cabeza apoyada sobre las rodillas.

«¡Una virgen!», se decía Andreas.

Eso era lo último que necesitaba.

—¡Me dijiste que te habías acostado antes con hombres! Me dijiste que no eras virgen. ¿Qué demonios estás haciendo aquí?

Ella bajó la vista y un nuevo chorro de lágrimas cayó sobre sus mejillas.

Andreas montó en cólera.

—¿Pero qué clase de mujer eres? ¿Acaso te cegó tanto el dinero que fuiste capaz de vender algo tan preciado para ti?

—¡No! —gritó ella, levantando la vista—. ¡Porque eso ya lo malgasté para nada en otra ocasión! —suspiró y se enjugó las lágrimas con el dorso de la mano. Se tapó con una bata y se levantó de la cama—. No soy virgen, si eso te hace sentir mejor. Así que no tienes que preo cuparte por desflorarme. Alguien lo hizo ya –dijo y corrió hacia el cuarto de baño.

–Me dijiste que te habías acostado con muchos hombres.

Ella ni siquiera se dio la vuelta.

–Bueno, ponme una demanda.

–Pero ni siquiera has tenido un orgasmo.

Cleo lo miró con rabia por encima del hombro.

–No recuerdo haber visto esa cláusula en el papel.

Él fue hacia ella, la agarró del brazo justo antes de entrar al baño, y la hizo darse la vuelta de un tirón.

–¿Y por qué no lo has tenido? ¿Cuántas veces te has acostado con hombres? ¿Con cuántos?

Ella miró la mano que la sujetaba con brusquedad y entonces levantó la vista.

Las lágrimas le habían arruinado el maquillaje que le quedaba. Había oscuras manchas negras bajo sus ojos y tenía el pelo revuelto después del frenesí sexual.

–¿Cuántos?

–Uno.

Andreas frunció el ceño.

–¿Un hombre?

Ella le lanzó una triste mirada y entonces volvió la cabeza.

–¿Por qué no me lo dijiste?

Ella se encogió y trató de soltarse, pero él no la dejó. La había tratado con tanta brusquedad que no podía culparla por su reacción. La pregunta había sonado más bien como una acusación.

–Deberías habérmelo dicho, en lugar de asegurarme que habías practicado el sexo en muchas ocasiones.

Ella giró la cabeza rápidamente. Tenía los ojos encendidos de rabia.

–¿Crees que es fácil admitir ante alguien al que apenas conoces que te has acostado con un hombre una sola vez en tu vida, y que fue tan patético que desearías no haberlo hecho jamás? Además, el sexo no era parte del trato —se encogió de hombros con un gesto exagerado—. Vaya, ¿por qué no te lo habré dicho, sobre todo cuando te mostraste tan comprensivo?

Andreas tuvo ganas de darle una buena sacudida. Quería decirle que se había equivocado pensando que podría con todo aquello, que debería haber admitido la verdad cuando le había hecho la proposición, pero... El dolor que brillaba en sus ojos no lo dejaba.

—¿Quién era él?

—No tiene importancia. Era un chico al que conocí. No fue para tanto.

Andreas sabía que estaba mintiendo.

La agarró del cuello y la hizo apoyarse en su hombro. Durante un instante ella se quedó inmóvil, pero las caricias de sus dedos en la piel pronto disiparon la resistencia que oponía.

—Pero no estuve a la altura. Por lo menos no para ti —se rió amargamente—. Aquella vez fue horrible. Me dolió y todo terminó rápidamente, pero yo pensé que...

Él la estrechó entre sus brazos.

—¿Qué pensaste?

Ella se encogió de hombros y trató de levantar la cabeza.

—No importa —le dijo en un tono de indiferencia.

Él le acariciaba la espalda, recorriendo los huesos de su columna vertebral arriba y abajo. Su aroma lo envolvía; el olor de su pelo, el rastro de su perfume y la cálida fragancia de su excitación. Un rato antes se había derretido en sus brazos; en los suyos y en los de nadie más.

Ese pensamiento lo hizo excitarse de nuevo. Ella era casi una virgen y necesitaba saber que podía ser mejor. La besó en el pelo y respiró hondo.

—Era un imbécil. No se merecía el regalo que le diste.

Ella levantó la cabeza y parpadeó.

–Pensaba que estarías muy enfadado conmigo. Estás muy enfadado conmigo. Y tienes todo el derecho. Lo siento. Sé que nunca debí haber accedido a esto.

Él la escuchó en silencio y entonces asintió con la cabeza.

–Tienes razón. Es evidente que no tienes la experiencia necesaria para este trabajo.

Ella se puso tensa y trató de apartarse.

–Pero a lo mejor tiene remedio.

A Cleo se le paró el corazón un instante. Lo miró a los ojos, temiendo haber malinterpretado lo que quería decir.

Él le sujetó las mejillas con ambas manos y le dio un beso.

–Te prometo que tu segunda vez será mejor –le dijo y la tomó en brazos.

–Andreas –susurró ella mientras él la colocaba cuidadosamente en la cama–. ¿Y si no puedo? Quiero decir que... –sintió una ola de calor en las mejillas–. Eres tan... grande.

Él sonrió y le quitó la bata poco a poco, descubriendo su desnudez lentamente.

–No te haré daño –le dijo y se quitó el albornoz, desvelando así su impresionante erección.

Sin embargo, Cleo creía en sus palabras.

El tiempo se detuvo durante los minutos que siguieron a ese momento. Los colores más intensos se difuminaban y se mezclaban con los sentimientos de ella hasta provocar una sobrecarga sensorial. Pero nada era importante, excepto las sensaciones que Andreas desataba en su cuerpo a medida que obraba su magia de amante genial.

Ningún rincón de su cuerpo femenino quedó desatendido. Todas las partes de su cuerpo gozaron de aquellas caricias exquisitas, besos arrebatadores... Y finalmente ella ardía de deseo, como nunca antes lo había hecho.

–¿Él te hizo esto? –le preguntó él de repente al tiempo que le entreabría las piernas y metía la cabeza entre ellas.

Cleo se sacudió de un lado a otro, arrollada por un sinfín de emociones que palpitaban en su interior.

–¿Te hizo sentir así? –le preguntó en el momento en que ponía sus expertos labios sobre el centro de su feminidad, llevándola al límite–. ¿Te hizo pronunciar su nombre?

Ella gritó de placer. Tenía el nombre de Andreas en la punta de la lengua.

–¿Lo hizo? –volvió a preguntar él, colmándola de besos calientes en los ojos y en la boca; besos que sabían a él, pero también a ella misma.

–No –dijo ella por fin en un susurro cuando recuperó la voz. La cabeza le daba vueltas y su cuerpo vibraba–. No.

–Entonces no era un hombre. No te dio nada, así que tampoco obtuvo nada de ti.

Ella se estremeció debajo de él, tanto por sus palabras como por su mirada abrasadora.

Un momento después sintió el empujón de su potente miembro y entonces tuvo un instante de pánico.

–Estás lista. Confía en mí.

Sorprendentemente sí que confiaba. Y esa vez no hubo ningún latigazo de dolor ni incomodidad alguna. Esa vez sus músculos se estiraron paulatinamente hasta amoldarse alrededor de él. Entonces él empezó a besarla y a moverse en su interior. Ella exhaló el aliento dentro de su boca al tiempo que él se retiraba, y volvió a contenerlo cuando él volvía a llenarla. Había despertado terminaciones nerviosas que no pensaba que existieran en su propio cuerpo.

Todo su ser estaba profundamente despierto, consciente de aquella seducción lenta y meticulosa. Él aumentaba el ritmo poco a poco, sin dejar de mirarla, y ella se aferraba a sus brazos. La tensión crecía de nuevo y él la llevaba más y más arriba con cada embestida hasta que por fin... tocaron el cielo.

Y entonces su mundo explotó, se hizo añicos, y juntos llegaron al clímax más maravilloso.

Sin duda aquel hombre había sido un idiota. Andreas se quedó quieto en la cama, escuchando el ritmo apacible de su respiración. La luz de la luna atravesaba las cortinas y se derramaba sobre su piel de marfil, haciéndola resplandecer con el brillo de las perlas. Él siempre había intentado huir de las vírgenes. No quería que se hicieran falsas esperanzas, ni tampoco que esperaran algún tipo de compromiso basado en la primera vez. Él no quería ataduras de ninguna clase.

Que alguien la hubiera librado de su virginidad era todo un regalo para él. Ella había respondido con pasión y espontaneidad, nada que ver con los movimientos mecánicos y estudiados de las mujeres con las que él solía salir. No tenía ningún problema con eso. Él mismo solía hacerlo de esa manera. No obstante, le había tocado el mejor premio y sin duda sería refrescante pasar unas cuantas semanas practicando el sexo con alguien para quien el arte de hacer el amor aún era toda una novedad.

Lejos de ser el desastre que se había imaginado al comienzo de la noche, su plan de cuatro semanas prometía ser una experiencia memorable, sobre todo después de que ella decidiera saltarse la cláusula referente a las relaciones sexuales. Unas cuantas semanas con Cleo en la cama le vendrían muy bien y después ella se marcharía a su casa. Además, a Petra le quedaría muy claro el mensaje.

Andreas suspiró y se relajó en la cama. El aroma de mujer estaba por todas partes, en la almohada, en las sábanas...

Sólo necesitaba unas cuantas semanas junto a Cleo, y después todo volvería a la normalidad.

Capítulo 10

ANDREAS se fue a trabajar a primera hora de la mañana siguiente con la esperanza de encontrar una forma de recuperar la confianza de Constantine. Sin embargo, el magnate no le devolvía las llamadas y ya se estaba quedando sin opciones. Desesperado, tomó una carpeta de su escritorio, la abrió y encontró unos documentos que esperaba desde antes de su marcha a Londres.

Bien.

Los revisó un momento y entonces frunció el ceño. No podía recordar casi nada de lo que acababa de leer. Volvió a leerlo una vez más, pero no se quedó con nada. Cerró la carpeta y la apartó de su lado. Se recostó en el respaldo de la silla y se volvió hacia la ventana para contemplar las magníficas vistas del volcán.

¿Qué estaba haciendo Cleo ese día? La había dejado acurrucada en la cama, envuelta en el aroma de una noche apasionada. ¿Acaso había desayunado tarde y se había ido a nadar? ¿O acaso había decidido ir a dar un paseo por las calles de Fira? Ella no hablaba griego. Las zonas turísticas de Santorini eran seguras, pero...

–¿Adónde vas?

–Volveré... –le dijo a Petra al pasar por su lado–. Más tarde.

Una hora más tarde ya estaba de vuelta, pero no de muy buen humor. Cleo ya se había marchado y Constantine seguía sin devolverle la llamada, y para colmo, los papeles no tenían ningún sentido para él en esos momentos. Abrió otra carpeta, firmó algunos documentos, echó otros en la bandeja de salida y se esforzó por seguir revisando papeles. Sin embargo, su mente y su corazón estaban en otra parte.

Echó atrás la silla y se dio por vencido.

¿Dónde estaba ella? Le había dicho al personal de la casa que le avisaran en cuanto llegara, pero aún no lo habían llamado, y sus empleados nunca olvidaban una orden. O quizá sí... A las cuatro de la tarde decidió que ya había esperado bastante. ¿Cuánto tiempo necesitaba para ir de compras? Fira no era una ciudad grande.

La encontró en la suite, preparándose para darse una ducha, envuelta en un albornoz. Andreas miró a su alrededor con ojos de sospecha y se dio cuenta de que ella se traía algo entre manos. En la habitación no había ni una sola bolsa de compras.

—¿Dónde demonios estabas?

Ella se dio la vuelta, sonrojada.

—Me dijiste que podía salir.

Él respiró hondo y trató de librarse de varias horas de frustración en un segundo.

—Has estado fuera mucho tiempo y es evidente que no fuiste de compras. ¿Qué estabas haciendo?

El rostro de ella se iluminó.

—¡Fira es un lugar extraordinario! Los caminos y las casas, e incluso los portones. ¿Te has dado cuenta de lo hermosas que son las puertas? Te dejan ver una pizca del paraíso, te dejan atisbar, ver un pedacito del interior, tentándote a entrar. Y de repente te encuentras con escaleras imposibles que no deberían estar ahí y al final llegas a una magnifica terraza escondida. Es increíble. Jamás había visto algo parecido... Y hay burros con lazos y diademas de pedrería en la cabeza que llevan a la gente a pasear por el puerto.

Por un instante sus ojos azules se nublaron y perdieron algo de entusiasmo.

–Yo fui caminando –le dijo, sacudiendo la cabeza–. Me daban un poco de pena. Pero entonces... –dijo sin aliento y sonriendo de nuevo–. Encontré el museo arqueológico.

–¿Qué? –Andreas la miró con ojos incrédulos. De entre todos los invitados que había tenido en Santorini nadie se había molestado jamás en visitarlo. Todo el mundo prefería ir a comprar la joyería fina que daba fama a la isla–. ¿Por qué fuiste allí?

–Sentía curiosidad por Santorini. ¡Y es increíble! No me puedo creer la historia de este lugar. Había una ciudad entera sepultada bajo cenizas. Una ciudad completa, como Pompeya, pero miles de años antes. Encontraron vasijas de cerámica, urnas y muchas otras piezas de arte —extendió los brazos y suspiró.

Andreas la miraba con perplejidad. Tenía la mejillas encendidas y los ojos llenos de ilusión.

En ese momento no podría haberla deseado más.

–¿Andreas? –preguntó ella, respirando profundamente.

Y un segundo después estaba en sus brazos, precipitándose sobre la cama.

La ternura de la noche anterior había quedado atrás. Comenzaron a amarse desenfrenadamente. Cleo intentaba desabrocharle los botones de la camisa, el cinturón... Y mientras tanto él la devoraba con besos desesperados. Después de acariciar el centro de su feminidad hasta hacerla vibrar de placer, entró en su sexo con un movimiento salvaje y brusco, presa del frenesí más intenso. Fue brutal y rápido, pero los dos lo querían así, lo necesitaban. Sus gritos de gozo se hicieron uno mientras él empujaba por última vez, dejándose llevar por el éxtasis más absoluto.

Jadeante y sudoroso, Andreas masculló un juramento por su falta de control. Ésa no era la forma de hacerle el amor a una mujer con tan poca experiencia.

–¿Te encuentras bien?

Ella parpadeó y trató de enfocar la vista, en ese momento borrosa.

–Vaya.

–¿Lo hice demasiado deprisa? ¿Te he hecho daño?

–Oh, no. Es sólo que... ¡Vaya!

De repente Andreas sintió una ola de orgullo proveniente de un rincón desconocido de su ser. Todavía dentro de ella, le sujetó el rostro con ambas manos y la besó con dulzura.

–¿A qué ha venido eso? –preguntó ella.

–A nada –dijo él, deslizando una mano a lo largo de su cuello hasta llegar a uno de sus pechos perfectos–. ¿Viste a las mujeres, cómo aparecen retratadas en los cuadros de las paredes?

Ella contuvo el aliento. Él rodeaba sus pezones con la punta del dedo, desencadenando una respuesta inmediata.

–¿Viste cómo estaban vestidas?

Ella se ruborizó.

–¿De verdad iban así, desnudas de cintura para arriba? No estaba segura.

Él se inclinó sobre ella y le lamió un pezón.

–Sí. La civilización minoica celebraba de esa manera la vida, la naturaleza y todas las cosas hermosas. Y éstas... –le lamió el otro pezón–. Son hermosas. Habrías sido una diosa en aquellos tiempos –añadió, sintiendo cómo despertaba su virilidad una vez más–. Una exótica diosa rubia proveniente del otro lado del mar.

Esa vez el ritmo fue más suave y controlado. Él la observó disfrutar y ella se dejó amar lentamente, con los brazos alrededor de su masculino cuello, y las piernas ancladas sobre su espalda poderosa. Él la miró fijamente mientras llegaba a la cima del placer, y así vio cómo se le dilataban las pupilas a medida que la marejada del éxtasis la sacudía una y otra vez. Y entonces sus músculos se tensaron alrededor de él y se lo llevaron consigo.

Pasó una eternidad hasta que pudo volver a respirar con normalidad. Suave y sutilmente él se apartó y nada más hacerlo encontró motivos para volver a mascullar un juramento.

Como un chiquillo adolescente había olvidado usar protección. ¿En qué había estado pensando?

En nada excepto en ella.

—Cleo, ¿tú estás protegida?

Aquellas palabras no tuvieron sentido durante un breve instante. Sí que estaba protegida. Se sentía protegida en sus brazos.

De pronto la verdad la golpeó como un jarro de agua fría.

¡No habían usado protección!

—Oh, yo...

¿Cuándo había tenido el último periodo? ¿Hacía dos o tres semanas?

—No lo sé. Pero puedo averiguar si ha sido seguro.

—Entonces averígualo —dijo él en un tono malhumorado. Se quitó lo que le quedaba de la ropa y fue hacia el cuarto de baño.

Ella se hizo un ovillo sobre la cama.

—Haces que parezca que ha sido culpa mía.

Él respiró profundamente. De alguna forma sí que había sido culpa suya. Él jamás había perdido el control de esa manera. Nunca se había dejado obsesionar tanto por una mujer como para olvidar lo más esencial.

¿Pero de quién más era la culpa?

De él.

Miró por encima del hombro. Ella estaba sentada en la cama, con las rodillas flexionadas y cubierta con la bata como si fuera un escudo de protección.

—Tienes razón —dijo él entre dientes—. Lo siento. Pero sentirlo no vale de nada si te quedas embarazada.

¿Embarazada? Aquellas palabras hicieron sonar una alarma en la mente de Cleo. Se había dejado llevar por el frenesí amoroso y por las caricias de Andreas sin pensar en las consecuencias.

Pero eso no podía ocurrir. La vida no podía ser tan injusta con alguien a quien sólo le quedaban unas pocas semanas en el paraíso.

Aunque conociendo su suerte...

Cleo tragó con dificultad. Volvería a casa embarazada y sola. Una perdedora. De nuevo.

Siempre hay esperanza al final del camino... La esperanza de volver a casa con el bebé de Andreas...

Cleo trató de ahuyentar esos pensamientos. Estaba siendo una irresponsable al pensar así. Sin embargo, no podía evitarlo. Un bebé de Andreas... Un pedacito de él para siempre a su lado...

Pero no. Aquello era más que improbable. Nada ocurriría y volvería a casa sola.

Levantó la barbilla.

—Si ocurre, ya nos ocuparemos de ello. Pero yo no soy ninguna ingenua, Andreas. Sé que tengo fecha de caducidad. Y no busco nada más.

Él asintió con la cabeza y la invitó a darse un baño con él. No obstante, no esperaba que ella accediera a hacerlo en ese momento. Abrió el grifo, ajustó la temperatura y se metió en la bañera humeante de vapor de agua, rica en minerales y sales.

Otra vez sería.

Sabía muy bien que le había hecho daño y eso le preocupaba. No quería preocuparse por ella de esa forma, sobre todo cuando sus palabras deberían haberle resultado tranquilizadoras. Ella no quería nada más de él. Eso era bueno, ¿no?

Levantó el rostro hacia el chorro de agua y se enjabonó el cuerpo. Ya la recompensaría de alguna manera. Petra podría ocuparse de todo durante un tiempo y así podría dedicarse a pasear por Santorini con ella.

Después de todo, si sólo tenían un mes, tenían que aprovecharlo muy bien.

Los días siguientes transcurrieron rápidamente para Cleo. Andreas la sorprendió proponiéndole una visita por la isla. La llevó a visitar la ciudad de Oia, situada en la punta de la isla y la dejó explorar los callejones estrechos, las iglesias con cúpulas azules y los elegantes restos de la ocupación, los hermosos molinos al borde de los acantilados...

Después fueron a la montaña de Mesa Vouno y, tomados de la mano, ascendieron el tortuoso camino que conducía a las ruinas de la antigua Thera, una ciudad griega que después había pasado a ser romana. Con el cabello agitado por el viento, Cleo ahondó en su recién descubierta fascinación por lo antiguo. Miles de años antes había personas en ese lugar; personas que habían dejado una huella de su paso por el mundo en las paredes, columnas, grabados en las piedras...

Andreas podría haber sido uno de las figuras humanas que aparecían grabadas en la piedra; de mandíbulas fuertes, espaldas anchas y rasgos dignos de los mismísimos dioses.

De pronto él la sorprendió mirándolo.

–¿En qué estás pensando?

Ella sonrió y celebró un nuevo propósito. Una chica sin educación ni carrera no estaba necesariamente condenada a limpiar suelos toda la vida. Por primera vez había encontrado algo que despertaba su interés y curiosidad.

–Voy a volver a casa... –anunció en la cima de una montaña desde la que se divisaba la isla entera–. Y voy a estudiar. Buscaré un curso que me enseñe acerca de la gente que vivía aquí y que dejó estas marcas en las piedras. Quiero saber más –dio media vuelta, riendo.

Y él se rió también porque su entusiasmo era contagioso. No obstante, en el fondo sospechaba que cuando volviera a casa los recuerdos se esfumarían y que finalmente se olvidaría de aquel puñado de viejas piedras en la cumbre de una montaña al otro lado del mundo.

Pararon a comer en un *kafenio* de un pueblo cercano y disfrutaron de un almuerzo sencillo de vegetales y marisco. Después dieron un paseo por una playa de arena negra y contemplaron la inmensidad del mar bajo el firmamento más azul.

—Eres muy afortunado —dijo ella al atardecer, mientras el sol, una gran bola de fuego rojo, se hundía en el océano.

El cielo se había convertido en un delirio artístico de intensos colores.

No se habían perdido ni una sola puesta de sol desde aquella noche en el barco de Constantine y Cleo sabía que nunca se cansaría de ellas. Se volvió para ver si él la había escuchado y entonces lo sorprendió mirándola. La intensidad de su oscura mirada desencadenaba vibraciones que le sacudían el corazón.

—La puesta de sol. No la estás mirando.

Él sonrió.

—La estoy viendo reflejada en tus ojos. Nunca he sabido lo hermoso que era nuestra puesta de sol hasta este día —la agarró del cuello y le dio un beso apasionado—. ¿Cuánto tiempo tenemos? —murmuró.

Su aliento le hacía cosquillas en la oreja.

Se estremeció. Sabía perfectamente a qué se refería. Ella había contado todos los días y las noches desde su llegada, al principio con entusiasmo, y después con miedo.

—Um, dos semanas y cuatro días.

Él la estrechó en sus brazos.

—Entonces no hay tiempo que perder.

Media hora por la mañana era todo lo que necesitaba para despejar el escritorio de todo aquello que requería su atención. Estaba cansado de examinar documentos que no significaban nada, cansado de preocuparse por llamadas que no le habían devuelto y muy recientemente había descubierto el alivio de delegar en otra persona. Media hora era suficiente para despejar el escritorio y dedicarle el resto del día a Cleo, así que era una suerte que ella le estuviera llamando en ese preciso instante.

—Sofia —dijo, haciendo una mueca. De repente recordó que debía haber llamado a su madre varios días antes—. Justo iba a llamarte.

—Tenemos que hablar —dijo ella—. Ha pasado mucho tiempo.

Tenía razón. Él mismo tenía muchas cosas que contarle.

—Bueno, ahora estamos hablando.

—Ven a verme a Atenas —dijo ella—. Tengo que ver a mi hijo. Tengo noticias que no puedo darte por teléfono.

Un frío escalofrío le recorrió la espalda.

—¿Qué sucede?

Hubo un momento de vacilación al otro lado de la línea.

—Ven a Atenas.

Sin duda más tarde se levantaría un poco de viento. A esas alturas ya conocía muy bien el clima de la zona. Al mediodía siempre hacía un poco de brisa, pero, por el momento, las aguas de la caldera del volcán estaban en calma total bajo el sol de primavera. A lo lejos podía oír a un grupo de turistas buscando la foto perfecta. En cualquier rincón de Santorini se podía encontrar la instantánea más bella, pero el recinto de la piscina era privado y estaba muy alejado de los principales caminos turísticos. Sus voces se diluyeron en la distancia y todo volvió a estar en silencio.

Cleo estaba sin aliento, después de todos los largos que había hecho, pero eso era bueno. También tenía un montón de libros sobre Santorini, su historia y su arqueología. Tenía que mantenerse ocupada, dado que Andreas no volvería por lo menos hasta el día siguiente.

Una punzada de decepción se clavó en su vientre. Muy pronto ya no volvería a verlo jamás.

–*Kalimera*. Espero no molestarte.

Cleo se sobresaltó.

En ausencia de Andreas, esperaba que Petra estuviera muy ocupada atendiendo la oficina. Jamás hubiera esperado que se presentara en la piscina con un diminuto bikini negro y un pareo que apenas le tapaba nada.

–*Kalimera* –dijo Cleo, haciendo uso del poco griego que sabía.

Ella misma llevaba un bikini de diseño seleccionado por *madame* Bernadette; un estampado de pinceladas azules y verdes que hacían juego con sus ojos. Ella sabía que la prenda le sentaba bien. Sin embargo, comparada con la esbelta Petra, se sentía más pequeña y deforme que nunca.

–No esperaba verte por aquí –le dijo, agarrando una toalla para cubrirse con la excusa de secarse el pelo.

Todo lo que hiciera era poco para protegerse de la afilada mirada de la griega escultural.

–Pensaba que tenías mucho trabajo con Andreas de viaje.

Petra se quitó la pequeña falda pareo y la tiró encima de un butacón; un movimiento claramente estudiado para llamar la atención sobre sus piernas.

Y funcionó. Cleo no tardó en sentirse enana y fea.

–Hay bastante ajetreo, claro, pero esta mañana me sentía un poco aturdida, así que pensé que me vendría bien nadar un poco antes de los compromisos de la tarde –se llevó una mano a la cintura.

Manicura impecable.

–¿No te encuentras bien?

La mujer se encogió de hombros y se tocó el pelo.

–Ayer tuvimos una comida de bienvenida. Algo debió de sentarme mal –caminó ágilmente hasta el borde del agua, descendió las escalerillas de la piscina con el garbo de una modelo y se sumergió hasta el fondo para luego emerger al otro lado, tan hábil como una sirena–. Ah, qué refrescante dijo al volver, sentándose en una tumbona al lado de Cleo–. Y me alegro de haberte encontrado aquí. No hemos tenido muchas oportunidades de llegar a conocernos mejor, ¿verdad? Andreas te guarda sólo para él.

–Sí. No hemos tenido oportunidad de hablar.

–Me encanta tu traje de baño –dijo Petra, secándose con una toalla–. Esos colores te sientan muy bien.

Cleo parpadeó. Aquellas palabras sonaban tan auténticas que no pudo evitar preguntarse si la había juzgado mal en un principio.

–Gracias. El tuyo también es muy bonito.

Petra sonrió y asintió con la cabeza.

–Eres de Australia, ¿no?

Cleo se relajó un poco.

–Eso es –dijo–. De una pequeña ciudad llamada Kangaroo Crossing. Es un sitio seco y polvoriento, nada que ver con Santorini.

–Yo siempre he querido ir a Australia. ¿Cómo es?

Cleo no tuvo inconveniente en contarle cosas. Siempre era agradable hablar de su hogar, de aquel lugar tan distinto que parecía estar en otro planeta. Interminables sequías, familias que luchaban por sobrevivir, manadas de canguros que levantaban una polvareda roja con cada salto... Cuanto más hablaba de su casa, más se relajaba. Y Petra parecía escuchar con mucha atención, riendo y haciendo exclamaciones de vez en cuando.

Era agradable hablar con otra mujer. En Londres no había tenido ninguna amiga.

–Bueno, tengo que ir a visitar tu tierra natal algún

día. Pero Andreas me dijo que os conocisteis en Londres. ¿Qué hacías tan lejos de casa?

Cleo sacudió la cabeza.

—De verdad que no querrás saberlo. Creerías que soy una idiota si te lo contara.

—Oh, no, claro que no —dijo, poniendo una mano sobre la de la joven—. No pasa nada. Puedes contármelo. Lo entenderé. Te lo prometo.

Y así, deseosa de sincerarse con alguien, Cleo se lo contó todo. Le habló de cómo había encontrado a Kurt en un chat de Internet, cómo la había seducido con sus falsas promesas románticas...

—¿Y entonces te quedaste atrapada en Londres? Pobrecita. Pero imagino que tendrías un billete de vuelta.

Cleo sacudió la cabeza.

—Sólo tenía suficiente dinero para el billete de ida. Nunca imaginé que tendría que volver a casa tan rápido. Mi abuela me había prestado dinero para el billete de vuelta, justo antes de subirme al autobús rumbo a la ciudad, por si pasaba lo peor. Pero yo no tenía cuenta de ahorros, así que Kurt se ofreció a guardarme el dinero...

—¿Y se lo llevó todo? ¿Pero qué clase de hombre era? —le dio una palmadita en el brazo—. Estás mucho mejor sin él aquí en Santorini.

—Lo sé —Cleo respiró hondo y se sintió muy aliviada después de contarlo todo. Se había quitado un gran peso de encima; un fardo de emociones y angustias que no la había dejado vivir en paz durante muchos meses.

—Y qué suerte tuviste de conocer a Andreas después de que te ocurriera todo eso. Debes de sentirte muy afortunada.

—Claro —dijo Cleo, ajena a las intenciones de Petra.

—Bueno, ¿y qué te parece Santorini? —le preguntó, cambiando de tema—. ¿Es la primera vez que vienes?

Cleo se relajó aún más. Claramente había sido demasiado dura con Petra.

–¡Es maravilloso! Tenéis tanta suerte de vivir aquí, rodeados de todo esto... –señaló a su alrededor–. Todos los días. Las vistas, el ambiente, incluso la historia es extraordinaria.

–Me alegro de que te guste. Estamos muy orgullosos de nuestra isla. Y queremos que los visitantes sean muy felices aquí.

–Yo soy muy feliz. Las puestas de sol son maravillosas.

–Los recién casados suelen venir a Santorini para disfrutar de las puestas de sol. Se supone que es muy romántico. ¿Tú qué crees?

De repente Cleo se sintió muy confusa como para contestar. Sería romántico con la persona adecuada, pero Andreas no lo era. Las circunstancias y el azar los habían unido, pero la aventura terminaría muy pronto.

–Supongo que sí, si estás con la persona adecuada.

–Oh, lo siento. No quería hacerte sentir incómoda.

–No tiene importancia. Yo no estoy aquí por el aspecto romántico precisamente.

Petra levantó las cejas.

–¿No? Bueno, supongo que en tu lugar es la mejor manera de verlo. Andreas tiene fama de cortar por lo sano y seguir adelante sin más... Y ahora tengo que volver al trabajo. Gracias por la charla. Me parece que vamos a ser buenas amigas mientras estés aquí.

–¿Te sientes mejor? –le preguntó mientras Petra se volvía a atar la falda alrededor de las caderas.

–Oh, me siento *mucho* mejor. Gracias.

Confusa, Cleo la observó mientras se ponía sus sandalias doradas y se alejaba contoneándose.

¿Por qué se sentía tan mal de repente?

–Sólo es un bulto, Andreas. No hay motivo para seguir dándole vueltas.

Sofia Xenides se irguió y se incorporó un poco sobre la *chaise longue*. Las piernas cruzadas a la altura de los tobillos, la taza de café sobre sus rodillas, en equilibrio perfecto... Andreas conocía muy bien esa pose. Su madre acababa de zanjar el tema nuevamente.

—Deberías habérmelo dicho —le dijo sin darse por vencido.

—Estabas muy ocupado. En Londres, por lo visto. ¿Y quién sabe con quién?

Él se puso furioso.

—Deberías haberme llamado al móvil.

—¿Y decirte qué? ¿Que tengo un bulto? ¿Y qué habrías hecho aparte de preocuparte?

—Te habría obligado a ver a un médico.

—Pero eso ya lo hice. Y mañana tendré los resultados de la biopsia y ya veremos. No tenía sentido preocuparte sin necesidad, pero me alegra de que mañana me acompañes. Y ahora tenemos cosas más importantes de las que hablar. ¿Cuándo tenías pensado decirme lo que estabas haciendo en Londres?

Andreas suspiró.

—Entonces lo sabes, ¿no?

—Petra me dijo que habías encontrado a Darius, ¿no?

—Lo encontré. Perdió lo que le quedaba del dinero con el juego, y lo único que le quedó fue un infame hotel lleno de moho y humedades. Estaba listo para aceptar un préstamo de bajo interés para financiar sus vicios.

—Entonces le encontraste y te tomaste la revancha que tanto buscaste durante todos estos años. Supongo que le habrás arruinado por el camino.

—¡No es más de lo que él nos hizo a nosotros!

—Andreas —Sofia suspiró—. Hace tanto tiempo. ¿Podrás por fin dejar atrás el pasado?

—¿Cómo puedes decir eso? Yo nunca dejaré atrás el pasado. ¿No recuerdas lo que nos hizo? ¿Lo mal que lo pasamos? Destruyó a mi padre y nos dejó sin nada. ¡Nada!

Ella cerró los ojos, como si todavía le doliera oír el nombre de su difunto esposo.

—Y eso es lo único que te ha movido durante los últimos años, hijo —le dijo con firmeza—. Ahora que ya has conseguido tu objetivo, ¿qué vas a hacer el resto de tu vida?

Andreas miró a través de la ventana y se encogió de hombros. La pregunta le había inquietado. Bajo sus pies se extendía la inmensa ciudad de Atenas, una mezcla de bloques de apartamentos y ruinas milenarias. ¿Acaso no había sentido la misma falta de motivación en varias ocasiones? Llevaba tiempo evitando la oficina porque su trabajo ya no le parecía gratificante.

Pero no. Sólo estaba temporalmente distraído a causa de Cleo. Eso era todo. Muy pronto ella se marcharía y todo volvería a la normalidad.

—Yo seguiré con mis negocios —dijo, decidido—. Hoy en día el nombre de Xenides va unido a la mejor cadena hotelera de toda Europa. Pero yo quiero que sea más grande, mejor.

Sofia volvió a suspirar con impaciencia.

—Quizá podrías tener otra meta que perseguir.

—¿Qué quieres decir?

—A lo mejor es hora de pensar en tener familia.

—¡Yo nunca os he dejado de lado! —le dijo.

—¿Acaso he dicho que lo hayas hecho? Ya es hora de mirar hacia adelante. Es hora de mirar hacia el futuro y de formar tu propia familia.

Andreas suspiró. Si iba a empezar de nuevo con lo de casarse... De repente cayó en la cuenta de algo.

—Quieres tener nietos.

—Soy una madre griega —Sofia se encogió de hombros—. Claro que quiero tenerlos. A lo mejor ahora que has satisfecho esta sed de venganza, puedes sacar tiempo para darme un nieto, mientras pueda disfrutar de ellos.

—Madre...

Ella levantó una mano y lo hizo callar.

—No me estoy poniendo melodramática. Es que me he llevado un buen susto y quizá los resultados no sean los que espero. El tiempo también pasa para ti, hijo. No quiero ser demasiado vieja o estar demasiado enferma como para no poder disfrutar de mis nietos si es que finalmente vienen.

—¡Deja de hablar así! Yo no voy a dejarte morir.

—¡Y yo no tengo intención de morirme! Por lo menos no mientras no me des esos nietos que tanto deseo. Pero no estoy ciega. No tienes muy buena fama entre las mujeres, creo. Pero, después de tener tanta experiencia, ¿aún no sabes qué clase de mujer te convendría como esposa?

Andreas se sintió incómodo al oír hablar a su propia madre de sus múltiples amantes. Además, no podía contestar a esa pregunta. Muchas mujeres habían pasado por su cama, pero ninguna de ellas hubiera servido como esposa.

—Petra me ha dicho que hay una mujer contigo.

Andreas quiso gritar. Petra siempre había sido como de la familia. Prácticamente habían crecido juntos, pero a veces no soportaba que hubiera tanta confianza entre su madre y ella.

—Eso no es asunto de Petra. Ni tampoco tuyo, madre.

—Sh, sh... —Sofia lo mandó callar—. ¿Y quién te va a preguntar si yo no puedo? Petra dice que es una mujer australiana. Muy hermosa, a su manera.

Andreas sintió ganas de decirle que era mucho más que eso, pero entonces se dio cuenta de algo.

Ella podía estar embarazada. En ese mismo instante, podía llevar a su hijo en su vientre. Un hijo... Su madre tendría el nieto que tanto deseaba y él tendría todo lo que quería... A Cleo.

Sin embargo, casarse era otra cosa. ¿Era eso lo que él quería? Sin duda no. Pero su madre no esperaba otra cosa y estaba obligado a casarse con la madre de su hijo.

–Petra me dijo...

–¡Petra habla demasiado!

–Andreas, sólo quiere lo mejor para ti, igual que yo. De hecho, una vez me pregunté...

Andreas trató de mantener la calma. Aquello era como una telenovela de las peores.

–Sigue... –le dijo, instándola a terminar.

–Bueno, Petra y tú habéis vivido juntos durante mucho tiempo.

¡Compartimos un edificio, no una cama! –le dijo. A juzgar por la actitud de su madre, no podía confesarle que había llegado a acostarse con ella.

–Y... Tenéis tanto en común.

–Trabaja para mí. Claro, tenemos mucho en común.

–Bueno, de todos modos... –dijo Sofía, encogiéndose de hombros–. A veces no sabemos lo que tenemos hasta que lo perdemos.

Andreas apretó los dientes.

–No voy a casarme con Petra.

Ella sonrió y parpadeó con gesto inocente, como si su mal humor no tuviera razón de ser.

–¿Y quién ha dicho que tuvieras que hacerlo? Sólo me preguntaba qué había entre vosotros. Y no tiene nada de malo que una madre se preocupe por esas cosas, ¿verdad, Andreas? Es mucho mejor considerar varias opciones antes de que el tiempo pase sin remedio.

Andreas se sentía muy a gusto dejándolo pasar sin más, pero su madre acababa de atravesarle la consciencia con agujas de metal.

–En cuanto a lo de la cita con el médico mañana...

–Lo entiendo, Andreas. He captado el mensaje. Pero ya hemos hablado bastante de médicos. ¿Quieres un poco más de café?

Capítulo 11

CLEO estaba en la piscina, con los brazos apoyados en el borde, leyendo un libro de historia. Andreas la devoró con la mirada. Su cabello húmedo recogido con una pinza, sus hombros descubiertos, su espalda, sus piernas haciendo movimientos sensuales en el agua... Parecía mucho más bronceada, reluciente.

En ese preciso instante ella podía estar embarazada... de él. Su madre había salido bien de las pruebas, pero eso no tenía nada que ver con el hecho de que lo que más deseaba era tener nietos.

Tenía razón. El tiempo pasaba para todos, aunque él nunca hubiera pensado en ello. Nunca se había parado a pensar que quizá fuera el momento de formar una familia. Se había pasado media vida obsesionado con la venganza y ahora que lo había conseguido... ¿Qué le quedaba?

Era evidente que no mucho. Ya no sentía la misma emoción de siempre con los logros profesionales y también le traía sin cuidado si Constantine le devolvía la llamada o no.

No obstante, la idea de imaginar a su propio hijo en el vientre de Cleo le provocaba una extraña sensación hasta entonces desconocida.

¿El destino?

Sacudió la cabeza y ahuyentó esos pensamientos.

Caminó con sigilo hasta el borde de la piscina. Ella parecía absorta en los libros de historia y civilizaciones antiguas. A lo mejor lo había dicho en serio después de todo. Quizá sí estaba realmente interesada en aquello que no era meramente superficial. O a lo mejor sólo estaba matando el tiempo hasta su regreso.

Ella pasó una página y siguió leyendo, totalmente ajena a su presencia.

Él se metió en el agua con cuidado y cruzó la piscina. La agarró de la cintura y emergió del agua como un dios griego.

—¡Eh! —exclamó ella, dándose la vuelta—. ¡Has vuelto!

Sus piernas, frías, se enredaron con las de él. Sus hombros guardaban el calor del sol y sus labios parecían tan cremosos con el brillo de labios que Andreas estaba deseando averiguar si eran tan resbaladizos como aparentaban.

—¿Me has echado de menos? —le preguntó, acariciando sus curvas.

—No mucho —dijo ella, mintiendo con una sonrisa en los labios—. He estado muy ocupada aquí, poniéndome al día. Ya sabes cómo es.

—¡Mentirosa! —dijo él—. Créeme, yo sé cómo es —añadió y le dio un beso profundo que los hizo sumergirse en el agua.

Salieron sin aliento, pero Andreas todavía no había terminado con ella. Le desabrochó la parte de arriba del bikini y empezó a acariciarle los pechos mientras le tiraba de la parte de abajo con la otra mano.

—Andreas...

—¿Sabes lo mucho que he soñado tenerte así en el agua?

—Andreas... —ella se aferró a él. No tenía elección excepto dejarse llevar por sus caricias.

Él le metió la mano por dentro de la braguita del bikini, le rodeó las nalgas y llegó más adentro.

—Te he echado de menos —murmuró, escondiendo el rostro en el cuello de ella.

Sus palabras estaban cargadas del deseo más primario.

—Y te deseo tanto...

—Tengo... Tengo el periodo.

Él levantó la cabeza lentamente y la miró a los ojos. La vista se le había nublado repentinamente

—Entiendo —le dijo, cambiando radicalmente de actitud.

—Pero eso es una buena noticia, ¿no? —dijo ella—. Pensaba que te alegrarías. Ahora no hay ningún tipo de complicación. Eso es lo que querías.

Él la soltó, se volvió hacia el borde de la piscina y salió de un salto. Agarró una toalla y se secó la cara.

—Sí. Son buenas noticias. Claro —dijo en un tono serio.

Petra le llevó el café al despacho a la mañana siguiente. Le puso la taza sobre el escritorio con gesto circunspecto.

—¿No vas a tomarte uno? —le preguntó él mientras revisaba unos archivos, sorprendido de que no se uniera a él en el ritual de siempre.

Ella volvió a mirarlo con gesto reservado.

—Últimamente no quiero tomar café. No sé por qué. Debe de ser esa época del mes.

Andreas se quedó desconcertado. No tenía ganas de oír nada más.

—Pobre Cleo —añadió Petra de pronto, revisando el correo y apoyada en el borde de la mesa como de costumbre—. Qué cosa tan terrible le pasó. Que te roben todo tu dinero de esa manera —le puso un par de papeles delante de las narices—. Pero supongo que ella se lo buscó hasta cierto punto.

Al oírla mencionar el nombre de Cleo Andreas se puso en alerta.

–¿El qué?

Ella se encogió de hombros.

–Debe de habértelo dicho. Se fue a Londres para conocer a un tipo con el que había quedado por Internet, y él le robó todo el dinero que tenía para el viaje de vuelta. La dejó sin nada. Horrible. Aunque hay que ser bastante estúpido para morder el anzuelo de esa forma.

Andreas se recostó en la silla y guardó silencio durante un momento. La expresión de su rostro hablaba por sí sola.

–¿Me estás diciendo que Cleo es una estúpida?

–¡No! Quiero decir que... Bueno... –se encogió de hombros y arrugó la nariz–. Quizá un poco ingenua.

–¿O quizá me estás diciendo que mi padre era un estúpido?

–¡Andreas! ¡No es lo mismo!

–¿No lo es? Mi padre confiaba en alguien y así lo perdió todo. Cleo confiaba en alguien y sufrió el mismo destino. Explícame la diferencia.

Andreas se puso en pie, agarró la chaqueta del respaldo de la silla y se la puso.

–Ocúpate del correo, Petra. Tengo cosas importantes que hacer.

–Andreas, no quería ser desagradable. De verdad.

Andreas ignoró sus protestas. Ya estaba cansado de sus dardos venenosas en contra de Cleo y de sus miradas despreciativas. Se había equivocado al pensar que captaría el mensaje sutil y quizá era hora de tomar un camino más directo.

–No va a pasar, Petra, así que ni por un momento te imagines lo contrario.

Ella fingió no darse por aludida.

–Tú y yo. Aquella noche fue un error. Pero no volverá a ocurrir.

Encontró a Cleo sentada en la terraza que daba al volcán, leyendo otro de sus libros. A pesar de la rabia incandescente que corría por sus venas fue capaz de sonreír. Con un sencillo vestido color verde claro que realzaba su recién adquirido bronceado, ella parecía más inocente que nunca.

De repente se dio la vuelta, como si hubiera notado su presencia.

—¡Ya has vuelto! —le dijo, llena de entusiasmo verdadero—. No te vas a creer lo que acabo de leer.

Su alegría era contagiosa; tanto así que no quería dejarla marchar cuando llegara la hora. Por suerte ella estaba de buen humor y así quizá pudiera convencerla para que se quedara.

—Dime... —se sentó a su lado.

—Bueno, cuando el volcán entró en erupción hace unos tres mil años, arrasó no sólo las ciudades de la isla. Algunos piensan que también acabó con la civilización prehistórica de los minoicos

—Es posible —dijo él—. Nadie lo sabe con certeza, pero eso podría explicar por qué los minoicos, siendo unos marineros tan prósperos, se esfumaron de la faz de la Tierra.

Los ojos de ella se iluminaron.

—Pero ésta es la parte más interesante. Algunos dicen que la erupción es el origen de la leyenda de la Atlántida. Un mundo que se hundió bajo el mar. ¡Y es aquí donde ocurrió! ¿Te lo puedes creer? ¿Tú crees que Santorini es lo que queda de la Atlántida?

De pronto el teléfono de Andreas comenzó a sonar. Él miró la pantalla y colgó sin contestar. Petra podía esperar.

—Creo que es muy posible.

Ella suspiró, se llevó el libro al pecho y miró hacia el volcán, silencioso y durmiente en medio de las aguas.

—Yo me lo creo. Busqué en Internet y encontré un curso sobre Historia Antigua que me interesa mucho en Sydney.

–Cleo...

–Me voy a matricular tan pronto como llegue a casa. Ahora sí podré permitirme vivir allí gracias a ti.

–Respecto a lo de irte a casa...

Ella se volvió hacia él. La luz de sus ojos ya no estaba.

–¿Quieres que me vaya antes? No... No me importa, si eso es lo que quieres.

Él sacudió la cabeza. Nada podía estar más lejos de sus intenciones.

–No. No quiero que te vayas antes.

–Entonces... ¿Qué es?

Él se tomó un momento para reorganizar sus pensamientos.

–¿Qué es lo que te espera en casa? Quiero decir que... Nunca me has hablado de tu familia. ¿Estáis muy unidos?

Ella esbozó una curiosa sonrisa.

–Bueno, no lo suficiente. A mi madre la quiero mucho, pero los gemelos, mis hermanastros, le dan muchos dolores de cabeza y, por lo visto, está embarazada de nuevo –arrugó la nariz–. Y después está mi padrastro, claro.

–¿Cómo es?

Ella se encogió de hombros.

–Es buena persona, un poco tosco, pero la mayoría de los hombres son así en esa zona. Pero mi madre le quiere y es bueno con ella.

–¿Y contigo?

Cleo se puso seria y respiró profundamente.

–Nos mudamos a su casa cuando mi madre consiguió el empleo de ama de llaves. Creo que siempre me vio como una especie de lastre con el que tenía que cargar. Pienso que esperaba que me buscara la vida por mi cuenta y me fuera de allí. Se pondrá muy contento al saber que ya no tiene que contar conmigo.

–¿Es por eso que te fuiste a Inglaterra?

Cleo dejó el libro sobre la mesa y se frotó los brazos.

–¿Qué sucede?

–¿Qué quieres decir?

–¿Por qué tantas preguntas? Nunca te habían preocupado todas estas cuestiones personales.

–Quizá entonces estuviéramos muy ocupados.

Ella se ruborizó.

–Y a lo mejor me interesa –añadió él.

Ella lo miró con incredulidad, como si no terminara de creérselo.

–Muy bien. Supongo que una de las razones por las que me fui era probarme a mí misma que podía arreglármelas sola. Allí no había muchas oportunidades de trabajo y al final terminé limpiando, igual que mi madre –entrelazó las manos sobre su regazo con tanta fuerza que los nudillos se le pusieron blancos–. Pensé que Kurt era mi oportunidad para tener una vida, una forma de escapar. Estaba desesperada. Tenía muchas ganas de hacer las cosas bien y cometí todos los errores posibles. Fui una idiota –se detuvo y entonces se le aguaron los ojos.

Él la hizo soltar las manos y se llevó una a los labios.

–No es un crimen confiar en alguien.

Ella parpadeó a través de las lágrimas. ¿Por qué tenía que ser tan amable y tierno con ella? Sólo era un acuerdo de beneficio mutuo, nada más. No podía cometer el error de volver a sucumbir, como ya había hecho en el pasado. En menos de dos semanas partiría rumbo a casa y todo acabaría sin más.

Dos semanas más compartiendo su cama, fingiendo ser su amante, siendo su amante... Dos semanas más protegiendo su frágil corazón.

Respiró hondo y sacó fuerzas y decisión de donde no había. Ya había aprendido de su error con Kurt y no volvería a pasar. No podía permitirlo.

—Gracias —dijo al final, tratando de sonar impersonal—. Te lo agradezco.

—¿Cuánto?

—¿Qué? —preguntó ella, desconcertada.

—¿Cuánto me lo agradeces?

Ella sacudió la cabeza sin saber muy bien qué quería decir.

—¿Estarías dispuesta a extender los términos de nuestro trato?

—No —dijo ella rápidamente.

Él retrocedió, como si le hubiera disparado con un arma.

—Quiero decir que no sé si es posible, con todos los planes que he hecho para el futuro —se alisó el vestido, tratando de conservar la calma.

¿Cómo iba a quedarse más tiempo? Si lo hacía, entonces la partida sería aún más dolorosa, insoportable.

—Te pagaré el doble. Dos millones de dólares.

—¡No se trata de dinero!

—Pero a ti te gusta estar aquí. Te gusta estar conmigo.

Ella se levantó de la silla y se agarró de la barandilla de la terraza, buscando algo de firmeza.

La temporada ya casi estaba en pleno apogeo. Había tres cruceros atracados en la bahía y los barcos atestados de turistas se dirigían al muelle.

«No es un crimen confiar en alguien...», las palabras de Andreas resonaron alto y claro en su mente.

Tenía razón. No era ningún crimen confiar. Una vez. Pero sólo los tontos tropezaban dos veces con la misma piedra.

¿Cómo iba a decirle que tenía miedo? Él era un hombre de negocios. Estaba acostumbrado a los acuerdos, las cláusulas y las garantías. Vivía rodeado de esos conceptos. Ella, en cambio...

—Te gusta mi compañía, ¿verdad?

No tenía sentido contestar a aquella pregunta. La verdad no la llevaría a ninguna parte.

—Nos quedan dos semanas, Andreas. Quizá sólo deberíamos aprovecharlas al máximo.

Un ruido puso en alerta a Andreas, algo que no tenía nada que ver con el graznido de las gaviotas, ni tampoco con el murmullo lejano de los turistas.

—Petra, ¿qué puedo hacer por ti? —le dijo Andreas, exasperado.

¿Cuánto había oído desde la puerta de la terraza? Era imposible saberlo.

—*Kalimera,* Cleo. Siento interrumpir, pero, Andreas, tu teléfono está apagado y tenía que hablar contigo.

—¿No puede esperar?

—Lo siento, pero no me encuentro muy bien. Quería decirte que no creo que pueda serte de mucha utilidad en la oficina hoy. Espero que no te importe que me vaya a casa y me tumbe un rato.

—¿Todavía te sientes mal? —preguntó Cleo, agarrando a Petra del brazo—. ¿Quieres que te traiga algo?

—De verdad que no quería interrumpir —dijo Petra y entonces esbozó una sonrisa—. Pero te lo agradecería. Me siento un poco mareada.

Andreas apretó los puños y trató de mantenerse ecuánime.

—Vuelve enseguida —gritó en dirección a Cleo, que ya había entrado en la casa, guiando a Petra—. Quiero que vayamos de compras.

Ella levantó la mano y le hizo una seña para indicarle que lo había oído.

Una hora más tarde Andreas fue a hacer una llamada y Cleo se quedó esperándolo. Unos llaveros con cuentas azules habían llamado su atención desde un expositor. Era hora de comprar algunos *souvenirs* que llevarse a casa. Las dos últimas semanas habían pasado en un abrir y cerrar de ojos y las dos que quedaban sin duda pasarían aún más deprisa.

Esquivó a un grupo de turistas que ocupaban casi toda la anchura de la calle y siguió esperando. Las calles de Fira estaban muy concurridas ese día y el número de visitantes no hacía más que crecer, haciendo cada vez más pequeños los estrechos callejones. Si lo hubiera sabido, se habría quedado en casa.

Casa.

¿Desde cuándo le había dado por llamarla «casa» a la mansión de Andreas en Santorini?

De pronto un llavero con un burro plateado captó su atención. En los ojos tenía unas cuentas azules brillantes. Escogió dos iguales para sus hermanastros y entonces vio uno con la palabra Santorini compuesta de múltiples cuentas y decoradas con una preciosa piedra azul en la base.

Para su madre. Lo quitó del expositor.

Ahora sólo tenía que encontrar algo para su padrastro. Miró los expositores una vez más y se dio cuenta de que no había nada adecuado para él. Se volvió hacia la puerta y entonces fue cuando lo vio...

Capítulo 12

ESTABA mirando las postales; algo más gordo de lo que recordaba. Tenía la piel roja por el sol e iba acompañado de una chica que parecía tan poco aseada como su pelo.

Estaba allí, en Santorini.

Los llaveros se le cayeron de las manos y golpearon en el suelo con gran estruendo.

—Siento haberte dejado tanto tiempo —oyó decir a Andreas desde alguna parte.

Se agachó rápidamente para recoger los artículos.

—Cleo, ¿qué sucede? Tienes mala cara.

—Es él —dijo ella en un susurro—. Ése es Kurt.

Kurt se volvió en ese momento, miró a su alrededor y se encontró con la implacable mirada de Andreas, que lo taladraba con los ojos. Al ver quién lo acompañaba su expresión se transformó en una mueca de pánico. Le dio un tirón a la chica, que se estaba probando unas gafas, y salió de la tienda a toda prisa. La joven huyó con las gafas puestas sin haberlas pagado siquiera.

—Quédate aquí —le dijo Andreas y después le dio una orden a la dueña de la tienda antes de salir a buscar a Kurt.

Un momento después la mujer le llevó una silla a Cleo e insistió en que se sentara. Le ofreció una botella de agua y la joven se lo agradeció mucho. Todavía no se había recuperado de la impresión.

¿Cómo era posible que ambos hubieran terminado en

el mismo sitio, de entre todos los lugares que había en el planeta? ¿Y quién era la chica que iba con él? ¿Otra de sus conquistas por Internet?

La mujer volvió a su lado y le dio una pequeña bolsita de compras. Los llaveros... Andreas debía de habérselos entregado.

Sacó el monedero del bolso, pero la mujer le hizo señas.

—No tiene que pagar –le dijo, sonriente; agasajándola con la extraordinaria hospitalidad que había encontrado en todos los rincones de aquella hermosa isla.

Unos quince minutos más tarde regresó Andreas.

Cleo se puso en pie.

—¿Cómo te encuentras? –le preguntó, agarrándola del brazo.

—Mejor. Gracias. ¿Qué ha sido de Kurt?

—Te lo diré en cuanto estemos solos.

Cleo miró a su alrededor y lo comprendió todo. Se había formado una multitud alrededor de la tienda, un enjambre de curiosos ansiosos por saber qué había pasado. De repente parecía que todo el mundo estaba interesado en los llaveros con cuentas azules y en las postales.

Se volvió hacia la dueña, que estaba ocupada vendiendo toda clase de baratijas.

—*Efharisto poli* –dijo y lo repitió en su lengua materna por si acaso no lo había dicho bien en la de Andreas–. Muchas gracias.

La mujer sonrió y le dijo algo en griego totalmente incomprensible.

—¿Qué ha dicho? –preguntó ella tan pronto como abandonaron la tienda y salieron a la abarrotada calle.

Con la vista al frente y el gesto serio, Andreas contestó a su pregunta.

—Dijo que nuestros hijos iban a ser muy guapos.

–Oh. Qué... simpática.

Andreas guardó silencio.

–Creo que esto es tuyo.

Estaban sentados en la terraza, disfrutando de un café y unas pastas, cuando Andreas le entregó el sobre.

Ella lo miró con escepticismo.

–¿Qué es?

Él insistió en que lo abriera.

–Echa un vistazo.

Ella obedeció y miró dentro. En su interior había un fajo de billetes.

La joven frunció el ceño.

–¿Qué es esto?

–He tenido una pequeña charla con tu amigo.

–¿Quieres decir Kurt? ¡Tienes que estar de broma! Has conseguido el dinero que me prestó mi abuela. ¡No me lo puedo creer!

–Parece que tuvo a bien devolverte el dinero que te había robado a cambio de librarse de un cargo de hurto en la tienda. Y además hay un extra por los inconvenientes que te causó por el camino.

–¿Hurto?

–Las gafas de sol. La chica no tuvo tiempo de volverlas a poner en la estantería. Y eso nos resultó muy útil. Parece que no tenía ganas de quedarse por Santorini y tener que explicárselo a la policía. Su barco salía esta noche.

–Muchas gracias –dijo Cleo, realmente agradecida, y entonces le dio un abrazo–. Te quiero mucho.

Lo que la hizo quedarse de piedra no fueron sus propias palabras, sino la forma en que las manos de Andreas dejaron de acariciarla.

–Sólo es una forma de hablar, en Australia –añadió apresuradamente–. Es una forma de agradecer. Porque de verdad te agradezco mucho lo que has hecho por mí.

–Lo entiendo –dijo él, poniendo distancia entre ellos–. Tengo que ir a mi despacho, a ver si todo está en orden, dado que Petra está enferma. ¿Estarás bien?

Ella asintió con la cabeza y mantuvo la compostura. Si un rato antes él le había pedido que se quedara un poco más, entonces en ese momento debía de estar deseando que ya estuviera a miles de kilómetros de distancia.

–Claro. Te veré luego.

Y así se marchó, y ella se quedó sola con sus propios pensamientos. A lo lejos se divisaban unos oscuros nubarrones. Seguramente habría una tormenta esa noche.

Tenía que aprender a no ser tan impulsiva y dejar de admitir cosas que en realidad no sentía.

Nunca había amado a Kurt. Eso era evidente. Estaba enamorada de la idea de amar a alguien y ser correspondida, pero nada más. Había intentado que aquello funcionara, desesperadamente, y después de acostarse con él, había creído que era el momento adecuado para decirle que lo amaba. Un gran error...

Que no volvería a cometer.

Además, a Andreas tampoco lo amaba. Él era muy amable y le estaba muy agradecida por todo, pero era una locura confundir gratitud con amor sólo porque la había tratado mejor que Kurt.

«Mentirosa...», dijo una voz desde un rincón de su ser.

No quería quedarse porque sabía muy bien lo que ocurriría. No tenía miedo de enamorarse de él, sino de amarlo aún más.

Porque ya lo amaba...

El viento comenzó a soplar con una fuerza inesperada. Los cruceros que esperaban en la bahía tiraban de las cadenas que los sujetaban. Kurt estaba allí, a bordo de uno de esos barcos, a punto de salir de su vida una vez más.

Pero él ya no significaba nada para ella. Como había dicho Andreas, aquella noche en que habían hecho el amor, su primera vez, él no le había dado nada.

Era Andreas quien se lo había dado todo. Era Andreas quien había abierto su corazón.

Era Andreas a quien amaba...

Andreas volvió a leer el fax. Había problemas con el papeleo del traspaso del hotel de Darius. El banco necesitaba más firmas. Su firma.

Tendría que volver a Londres.

Un día o dos a lo sumo. Cleo podía ir con él.

«Te quiero mucho...», le había dicho ella. Había intentado disimular con una absurda explicación, pero él no se la había creído ni por un momento.

No podía llevarla con él. Por mucho que enloqueciera por ella, por mucho que hubiera deseado hacerla madre de sus hijos, lo mejor era que no fuera con él.

De hecho, quizá fuera mejor que la mandara a casa antes de tiempo. Las vírgenes siempre daban problemas y eso era lo último que él necesitaba.

El viaje era lo que necesitaba en realidad. Poner algo de perspectiva y orden en su vida...

Lo había estropeado todo con un puñado de palabras desafortunadas; toda la cordialidad y la confianza que había nacido entre ellos. Él le había dicho que se iba con un cortante monosílabo y un segundo más tarde ya no estaba. Se había ido sin más, sin mirar atrás.

Sólo iban a ser un par de días, pero las cosas ya no volverían a ser igual.

Lo único bueno era que así le sería más fácil decir «adiós». Él no deseaba que se quedara y ya no había nada que hacer.

Nerviosa e incapaz de leer sus libros de historia, Cleo fue a dar un paseo por la ciudad con la idea de ir a una pequeña agencia de viajes que recordaba haber visto apartada en un rincón. Sólo quedaban dos semanas, y lo mejor que podía hacer era informarse de los vuelos a Australia. Sin embargo, a pesar de todo, no podía evitar sentirse culpable, como si estuviera obrando a espaldas de Andreas.

Pero eso era absurdo. Entró en la agencia, decidida a preguntar. De una forma u otra iba a marcharse dentro de dos semanas, así que no le hacía ningún daño a nadie siendo un poco previsora.

De repente vio algo en la portada de un viejo catálogo; una foto de Ayers Rock en medio de una polvareda roja.

Nostalgia. En ese momento sintió mucha nostalgia por su tierra, su hogar, el lugar caliente y seco al que pertenecía. Ése era su sitio, y no una paradisíaca isla donde vivía un hombre que jamás podría ser suyo.

Catorce días y entonces estaría de vuelta en casa.

Lo más sensato, sin duda, era hacer una reserva cuanto antes.

Petra estaba en la suite, revolviendo los cajones del lado de la cama de Andreas.

–¡Ha! –exclamó al verla, blandiendo un puñado de papeles.

Era evidente que no sentía culpa alguna.

–No había nada en el despacho, pero yo sabía que aquí lo encontraría.

–¿Qué es? –preguntó Cleo, con un nudo de miedo en el estómago–. ¿Qué tienes ahí? –repitió, aunque ya sabía de qué se trataba.

Era la copia del contrato de Andreas.

Cleo recordaba un día, en la terraza. Andreas y ella

estaban discutiendo los términos del acuerdo y, al darse la vuelta, se había encontrado con la mirada intensa de Petra, escudriñándolos y escuchando la conversación.

—Eso no es de tu incumbencia —fue hacia la mujer y trató de arrebatarle los papeles.

Pero Petra la esquivó y la desafió con una mirada amenazante.

—¡Un millón de dólares! ¿Te paga un millón de dólares por acostarte con él?

—¡No, no es así! ¡Dame eso!

—¿Y eso en qué te convierte? ¿En una especie de prostituta de lujo? —la miró de arriba abajo con desprecio—. A mí me parece que le has salido demasiado cara.

—Las cosas no son así. No tenía que acostarme con él.

—¿Ah, no? Pero lo estás haciendo, ¿no? He visto cómo lo miras. Sé muy bien lo que estás haciendo. ¿Acaso no te estás vendiendo? ¿Acaso no te estás prostituyendo?

—¡Fuera! Esto no tiene nada que ver contigo.

—¿Ah, no? Me preguntaba de qué cloaca te había sacado Andreas. Te comportabas como una colegiala asustada, en lugar de actuar como una mujer digna de él. Yo sabía que algo raro estaba ocurriendo desde el momento en que bajaste de ese avión. Todo era una farsa para quitarme de en medio.

—¿De qué estás hablando? ¿Por qué tendría que quitarte del medio?

—¡Porque Andreas era mi amante hasta que tú apareciste!

Cleo sintió un terrible mareo.

—¿Qué? —preguntó, con el corazón en un puño.

—Y no sabía cómo decirme que todo había terminado. Así que te contrató para... —hizo un gesto teatral—. Para ser su fulana.

—Andreas no haría algo así —dijo Cleo. Sin embargo, en el instante en que pronunció las palabras, las dudas la tomaron prisionera–. ¿Por qué no decírtelo sin más? ¿Por qué iba a tomarse tantas molestias?

–¡Para humillarme! ¿Para qué si no? –Petra la fulminó con la mirada.

Cleo sintió una oleada de náuseas. ¿Petra había compartido esa cama con Andreas antes de su llegada? ¿Petra había pasado largas noches enroscada alrededor de su cintura, mientras él le hacía el amor?

La joven cerró los ojos y trató de ahuyentar las imágenes.

Era lógico que la mujer no pudiera verla ni en pintura. No obstante, a pesar de sus argucias y estrategias, Andreas lo tenía todo claro respecto a ella.

–Entonces Andreas no te quería –dijo y sonrió–. Y tú no puedes aceptar un no por respuesta.

–¡Maldita zorra! –Petra perdió la compostura–. ¿Crees que él te desea de verdad? ¿Una mujer tan estúpida como para enamorarse de alguien por Internet y perderlo todo? ¿De verdad crees que preferiría a alguien de tu clase en lugar de una mujer con la que puede hablar de todo y que entiende sus necesidades?

–Es evidente que tú dejaste de ser una de esas necesidades hace mucho tiempo ¿No le oíste decir, mientras nos espiabas en la terraza, que quería que me quedara más tiempo? ¿De verdad crees que es a ti a quien necesita? ¿Una empleada leal que revuelve su dormitorio buscando basura? ¿O a mí? Él está más que dispuesto a prescindir de otro millón con tal de que me quede.

En ese momento Petra se jugó el as que tenía en la manga. Se desplomó en la cama y se echó a llorar. El contrato se le escurrió de entre los dedos y cayó sobre la cama. Cleo se inclinó y lo recogió, sin saber qué hacer.

–¿Quieres que llame a un médico?

Petra suspiró y sacudió la cabeza.

–No hace falta. Yo sé lo que me pasa –sacó un pañuelo de papel de la caja que estaba sobre la mesita de noche y se sopló la nariz.

Cleo la miraba fijamente. A lo mejor su amor por Andreas era auténtico y no podía soportar la idea de que él se fuera con otra.

—Supongo que no ha sido fácil para ti verme aquí.

Petra respondió con un gemido.

—Se podría decir así.

—Siempre es duro cuando la persona a la que amamos no nos corresponde. Pero a veces es mejor así. A veces descubrimos que esa persona no es la que más nos conviene.

La mujer la miró de reojo. Tenías los ojos hinchados y rojos.

—Entonces ahora eres tú la que me da consejos. Qué dulce. A lo mejor podrías aconsejarme respecto a otro asunto.

—Haré lo que pueda —dijo Cleo con sinceridad.

—¿Crees que debería abortar?

Capítulo 13

UN RELÁMPAGO de luz atravesó la retina de Cleo y la sangre se agolpó en sus oídos. Tenía que escapar de allí, escapar tan rápido como fuera posible, correr lejos de allí hasta que los pulmones le explotaran y las piernas cedieran bajo sus rodillas, correr hasta no sentir más dolor.

—Estás embarazada.

De pronto todo cobró sentido. Los mareos matutinos en la piscina, sus cambios de humor y sus lágrimas repentinas...

—Qué lista eres. A lo mejor también adivinas quién es el padre.

«No es un crimen confiar en alguien...», las palabras de Andreas volvieron a retumbar en su memoria, una y otra vez, como un disco rayado.

«Siempre hay esperanza al final del camino». De repente, las palabras de su abuela no tenían sentido alguno. ¿Dónde estaba la esperanza en ese momento?

Tenía una reserva para marcharse dos semanas más tarde, pero siempre podía... cambiarla.

De repente supo lo que tenía que hacer.

—Él no lo sabe, ¿no?

—Aún no. Yo acabo de enterarme.

—Creo que deberías decírselo tan pronto como regrese. Estoy segura de que él hará lo correcto.

Petra asintió, sin levantar la vista del suelo.

—Sé que lo hará. Su madre quiere nietos desesperadamente. Por lo menos ella se llevará una gran alegría.

Cleo quiso taparse los oídos para no escuchar ni una sola palabra más.

Andreas había olvidado usar protección aquel día. ¿Acaso lo había hecho a propósito? Se había molestado mucho con ella al enterarse de que no estaba embarazada...

–Me voy –dijo–. Haré la maleta y me marcharé esta misma tarde.

Todavía era pronto y estaba segura de poder llegar a Atenas, o en avión o en barco. Tenía que marchase en ese preciso instante, antes de que Andreas regresara y la echara de allí. Tenía que huir lo antes posible, cuando aún le quedaba una pizca de dignidad.

Petra suspiró y esbozó una sonrisa.

–Eso será lo mejor.

A medio camino de Londres, Andreas se sentía cada vez más inquieto. Todavía seguía buscando la respuesta a una pregunta que llevaba horas atormentándolo. ¿Por qué le había dicho que lo quería? ¿Por qué iba a decir algo así? Había rechazado una oferta de un millón de dólares por quedarse. Le había rechazado tajantemente y había hablado de volver a casa como si fuera lo que más deseaba. Él le había dado un sobre lleno con el dinero que Kurt le había robado y entonces ella le había dicho... que lo quería. Aquello no tenía sentido, ningún sentido...

Empezó a juguetear con el plato de entremeses y bebió un sorbo de cerveza. El paisaje se desplazaba despacio a través de la ventana. ¿Qué había querido decir realmente?

Suspiró, se acomodó en el asiento y entonces sonrió al recordar la emoción con que le había contado sus descubrimientos sobre la leyenda de la Altántida. ¿Por qué quería irse a casa para estudiar historia griega cuando todo lo que tanto adoraba estaba a su alrededor? No podía haber estado en un sitio mejor para hacer esos estudios.

No. No podía irse. Tenía que quedarse.

Sin embargo, ella no quería aceptar su dinero. ¿Y qué más le podía ofrecer él?

Familia.

La idea era muy sencilla. Si se convertía en parte de su familia, entonces sí se quedaría. Y así podría darle los hijos que su madre tanto deseaba. No estaba interesado en una esposa. Ni siquiera podía pensar en ello cuando todo lo que ocupaba sus pensamientos era la imagen de Cleo, en la cama, a su lado. Y además había dicho que lo amaba. Era perfecto.

Bebió un sorbo de cerveza, lleno de entusiasmo. Se casaría con ella. La idea ya se le había pasado por la cabeza cuando pensaba que estaba embarazada, así que ¿por qué no hacerlo cuando no lo estaba? Muy pronto estaría embarazada de verdad.

Agarró el intercomunicador que lo conectaba con el piloto.

—Cambio de planes. Volvemos a Santorini.

Sin preguntas ni titubeos, el avión dio la vuelta y emprendió el camino a casa. No llegaría a Londres para firmar los papeles que le darían definitivamente la propiedad del hotel de Darius. No obstante, ¿qué le importaba Darius en ese momento? Ya lo había asustado bastante y podía hacer lo que quisiera con su destartalado hotel. Uno más o uno menos no iba a suponer ninguna diferencia en la multinacional hotelera Xenides. Y lo mejor de todo era que Darius todavía tendría que pagarle el préstamo.

Se llevó las manos a la nuca y se recostó en el respaldo del asiento, satisfecho. Todo era perfecto.

–Tres semanas, madre. Muy bien. ¿Estás ocupada ese fin de semana?

–¿Demasiado ocupada para ir a la boda de mi hijo? Sh. ¡Claro que no!

Incluso en su despacho, a cientos de kilómetros de ella, podía oír el entusiasmo que teñía su voz. En cuestión de minutos toda la alta sociedad de Atenas se enteraría del gran acontecimiento.

–Aunque tengo que admitir que me sorprende un poco.

–¿En serio?

Seguramente su madre no se había sorprendido tanto como él al llegar a casa y encontrarse con Petra, hecha un mar de lágrimas, y Cleo... Muy lejos de allí.

Petra llorando... Jamás había esperado ver una escena así. Y cuando estaba a punto de volver a subir al avión para ir en busca de Cleo, Petra le había dado la noticia. Estaba embarazada. Aquello no podía haber llegado en peor momento. Andreas no se lo habría deseado ni a su peor enemigo. Había imaginado un mundo perfecto, con Cleo sentada en la terraza, su vientre redondo y lleno de vida, creciendo con su futuro hijo.

Pero, fuera como fuera, aquel otro niño era su hijo. Su hijo. Y no podía huir de una situación como ésa.

–¿Y por qué?

–Bueno, la última vez que estuviste por aquí parecías muy convencido de que no querías casarte con Petra.

–Fue algo que me dijiste –dijo él, aferrándose a una excusa–. Lo que me dijiste respecto a no saber apreciar lo que uno tiene.

–Oh –hubo un pequeño silencio al otro lado de la línea–. Supongo que dije algo así. Sí.

«Qué raro», pensó Andreas al tiempo que uno de sus empleados le pasaba una nota. Se había imaginado a su madre loca de alegría y, sin embargo... No parecía albergar más que un entusiasmo moderado.

–De todos modos, te mandaré el helicóptero unos días antes.

–Eso sería estupendo. Te ayudaré con lo que necesites. Y, ¿Andreas?

–¿Sí?

–Todo parece muy precipitado. Sé que te presioné un poco y, si bien es mi deber como madre, no quisiera pensar que te estás metiendo en algo de lo que luego puedas arrepentirte. ¿Estás seguro de que estás tomando la decisión correcta?

Él echó atrás la cabeza y se llevó la mano a la ceja de forma involuntaria.

Era la decisión correcta. ¿No? Moral y éticamente. Por el bien de su hijo. Estaba haciendo lo que era correcto. De repente reparó en la nota que tenía en la mano. La miró, trató enfocar la vista e intentó entender el mensaje.

Eran los resultados de la clínica, donde le habían hecho las pruebas de embarazo a Petra...

No podemos facilitar información sobre nuestros pacientes, pero sí podemos informarle de que no tenemos ningún paciente con el nombre de Petra Demitriou.

Y estaba firmado por el mismo médico que Petra decía le había confirmado su embarazo. Por eso había insistido tanto en ir sola.

–¿Andreas? ¿Sigues ahí? Te he preguntado si estabas completamente seguro de lo que vas a hacer.

Andreas apretó los dientes. Menos mal que no le había dicho a su madre el porqué de tanta premura.

–Puede que no, madre. Te llamaré de nuevo.

–¿Puede que no? ¿Qué quieres decir?

–Te llamaré más tarde.

La encontró en la suite, dando órdenes a los emplea-dos. Estaban deshaciéndose de la ropa de Cleo.

—¿Qué demonios estás haciendo?

—¡Andreas! No te oí llegar.

—¿Quién te ha dado permiso para llevarte la ropa de Cleo? —le hizo señas al personal para que abandonaran la habitación.

—Andreas, Cleo se ha marchado. Pensé que debería hacer sitio para mis cosas, teniendo en cuenta que pronto me mudaré aquí.

Él tragó en seco.

—¿Cuándo tienes tu próxima cita con el médico? —le preguntó, fingiendo ignorancia—. Me gustaría acompañarte.

Ella sonrió y cerró las puertas del armario.

—No es necesario. Es sólo una prueba de rutina. Ya sabes.

—No, no lo sé. Y parece que el doctor Varvounis tampoco.

—¿Qué? ¿Qué quieres decir?

—No estás registrada en esa clínica. Nunca han oído hablar de ti. No has estado allí, ¿verdad?

—A lo mejor te equivocaste de clínica.

—Creo que me equivoqué de novia.

—¿Y eso qué significa? ¡Yo soy la que va a tener a tu hijo!

—¿En serio? ¿O es una mentira más de las tuyas, igual que tus sentimientos por mí? Te lo has inventado, ¿no es cierto? Te lo inventaste todo en un intento desesperado por librarte de Cleo y clavarme las garras para siempre. Y casi funcionó, pero ya se te ha acabado la suerte. La boda queda cancelada. Y ya no eres empleada en mi empresa. Quiero que salgas de aquí ahora mismo —dio media vuelta y salió de la habitación.

—¡Pero yo te quiero, Andreas! —dijo ella, tirándolo

del brazo. Podemos hacer un bebé como quiere tu madre. Sé que podemos.

Un latigazo de furia golpeó las entrañas de Andreas.

–¿Qué has dicho? ¿Ella te dijo eso? ¿Es así como urdiste este plan para atraparme? Lo siento, Petra. A lo mejor no he sido lo bastante claro hasta ahora. ¡No te quiero! Nunca te quise. ¡Quiero a Cleo!

–Ella no es lo bastante buena para ti. Es joven, inocente y estúpida.

–¡La amo!

Petra abrió los ojos.

–No puedes hacer esto. No puedes, Andreas. Por favor, escúchame.

–Fuera, Petra. No quiero volver a verte jamás.

La mujer se marchó y Andreas se quedó solo con su recién descubierta verdad; una verdad que lo había sorprendido mucho.

Amaba a Cleo.

Y tenía que hacer que volviera.

Capítulo 14

«MENUDO otoño», se dijo Cleo, secándose el sudor que le corría por la frente mientras limpiaba el balcón del Kangaroo Crossing con la aspiradora. Estaban en abril, pero el último vestigio del verano hacía brillar el sol como una antorcha, secando aún más la tierra y levantando más polvareda. Como si no tuvieran bastante... Un convoy de todoterrenos pasó por la calle principal, levantando el polvo del suelo y contaminando aún más el aire con sus gases.

«Bienvenida a la Australia profunda...», pensó mientras frotaba las pegajosas puertas del balcón de otra habitación.

Dentro hacía más fresco. Las paredes de piedra resguardaban el interior de las inclementes temperaturas veraniegas, pero Cleo no paraba de sudar.

Había tenido suerte al encontrar ese trabajo. Su madre había tenido que dejar de trabajar porque su embarazo estaba muy avanzado y ya estaban esperando la llegada del bebé. Cleo se alegraba por ella. Además, así había podido sustituirla. Incluso podía sacarse un extra sirviendo cervezas en el bar por las noches.

Y lo mejor de todo era que el trabajo iba acompañado de alojamiento. Era una habitación en un sótano, pero no tenía nada que ver con el cuartucho inmundo en el que había vivido en Londres. Era una habitación de verdad con una cama y mucho más fresca por estar bajo tierra.

Iba a ahorrar todo lo que pudiera y cuando tuviera

suficiente, se matricularía en ese curso de historia antigua que había encontrado en Sydney. Había descubierto que podía hacerlo por correspondencia y, con un poco de suerte, podría empezar al semestre siguiente.

No veía el momento de empezar. Se había leído los libros de Santorini tantas veces que las hojas estaban arrugadas y sueltas.

Miró a su alrededor. Suspiró con satisfacción mientras le quitaba las últimas arrugas al cubrecama y entonces se detuvo para oler las rosas que había salvado de entre las enredaderas del jardín. Un huésped distinguido había reservado para esa noche y el gerente del hotel le había advertido que todo tenía que estar perfecto. Y lo estaba. Era la suite nupcial, con su propio cuarto de baño y aseo; la mejor habitación que el hotel podía ofrecer.

Sonrió. La suite nupcial; nada que ver con las suites que había compartido con Andreas en Londres y en Santorini. Pero estaba en Kangaroo Crossing y si alguna vez tenía pensado disfrutar de una luna de miel, eso era lo mejor que podía esperar. Sin embargo, la situación no era muy probable. No quería volver a saber nada de los hombres. Era evidente que no sabía cómo enamorarse del hombre adecuado. Volvió a sacar la aspiradora al exterior. El aire caliente y pesado le abrasaba la piel.

Qué distinto a Santorini... Aquellas noches de ensueño que había compartido con él. Había habido momentos en que había creído que la amaba de verdad; días perfectos, antes de descubrir que la había utilizado como escudo para protegerse de Petra, la mujer que llevaba a su hijo en el vientre, la mujer con la que ya debía de estar casado.

Un brusco golpe de la aspiradora en el medio de la espinilla la devolvió a la realidad de un plumazo. El tiempo que había pasado con Andreas no había sido nada más que una fantasía. Su auténtica vida era lo que estaba a su alrededor. Ése era su mundo, una realidad que se había encogido durante las dos semanas anteriores, convirtiéndose en una polvorienta carretera con edificios de madera a ambos lados.

Se acercaba otro coche, abriéndose paso a través de la calle principal; un coche increíblemente limpio y resplandeciente; la carrocería demasiado baja y aerodinámica para los polvorientos caminos rurales. Cleo se detuvo un momento para verlo pasar. Sin embargo, para su sorpresa, el vehículo se detuvo frente al hotel, bajo la sombra de un viejo gomero. ¿Era ése el huésped distinguido que esperaban? En Kangaroo Crossing no se veían muchos de ésos.

La joven dejó a un lado la aspiradora y apoyó los brazos en la barandilla para observar. El conductor se bajó del vehículo y entonces se quedó sin aire.

Andreas...

Vestido con unos pantalones de pinzas color crema y una camisa blanca a medio abotonar, parecía sacado de cualquier ciudad cosmopolita de Europa.

Anonadada, la joven se aferró al pasamanos, pensando que sus piernas ya no serían capaces de sostenerla. ¿Por qué estaba allí? ¿Qué quería de ella?

Estaba solo. Sacó un pequeño bulto del maletero.

Ella sintió ganas de escapar antes de que la viera. Tenía que esconderse en su habitación del sótano.

Pero entonces él levantó la vista y sus miradas se encontraron.

«Por favor, por favor, quiero odiarte por lo que me hiciste. Quiero estar furiosa por la forma en que me utilizaste. Quiero olvidar. Por favor, no me hagas recordar», pensaba ella, con el corazón en un puño.

No obstante, bastó con una sola mirada para darse cuenta de que todavía lo deseaba con todo su ser. Y entonces él se quitó las gafas de sol y ella supo que sentía lo mismo por ella.

¿Pero por qué estaba allí? ¿Qué podía significar todo aquello?

Dispuesta a salir corriendo, Cleo retrocedió un paso, pero él la hizo detenerse levantando una mano.

–*Kalimera*, Cleo –dijo con su espléndido acento de siempre.

–¿Qué demonios estás haciendo aquí?

–Me gustan mucho las mujeres australianas –le gritó desde abajo–. Siempre dicen lo que piensan.

Se oyó un murmullo proveniente de la puerta de entrada del bar del hotel. Debían de ser los hombres que siempre se juntaban allí para pasar el tiempo.

–¿Conoces a tantas como para saberlo con certeza? –dijo Cleo, y enseguida deseó haber salido corriendo.

Parecía que todos los clientes del bar acababan de salir al exterior para enterarse de lo que estaba ocurriendo.

–Sólo a una. Pero con ésa me basta y me sobra.

Una oleada de risotadas brotó de la multitud. Todos miraban con asombro a aquel dios griego que parecía sacado de la portada de una revista.

A Cleo no le hacía falta ver las expresiones de sus caras para saber lo que estaban pensando: que había que estar loca para rechazar a un hombre como ése. Sin embargo, ellos no sabían lo que él había hecho. Ellos no sabían que él tenía a una mujer embarazada en casa.

–¡Vete al infierno, Andreas! –a duras penas logró bajar la aspiradora por las escaleras exteriores, huyendo de él. Se dirigió rápidamente hacia las escaleras del sótano. Estaba demasiado confundida como para pensar con claridad. Tenía el corazón demasiado herido.

Pero él la interceptó en el vestíbulo del hotel.

–Cleo.

–Qué ironía. Que nos volvamos a ver de esta forma. ¿Tienes pensado apropiarte del Kangaroo Crossing Hotel? ¿Debería buscar otro trabajo ahora?

–No he venido por el hotel.

–¿Ah, no? –se agarró al poste de la escalera de caracol como si fuera su salvavidas–. ¿Entonces qué estás haciendo aquí?

–Vine a verte.

–¿Y si yo no quiero verte?

El ruido del bar contiguo llegó hasta sus oídos. La gente había entrado rápidamente, decidida a no perderse ni un detalle de la película.

–Tenemos que hablar. Aquí no. En privado. Cena conmigo esta noche y te lo explicaré todo.

–¿Señor Xenides?

Daphne Cooper, la esposa del gerente, se atusó el pelo y sonrió como una colegiala.

–Si es tan amable de firmar aquí. Si necesita un poco de intimidad, puedo servirles la cena en la suite nupcial –les dijo, guiñándole un ojo a Cleo.

–Se lo agradecería mucho –dijo Andreas.

Daphne se rió con nerviosismo y Cleo aprovechó la oportunidad para salir huyendo.

Entró en su habitación dando un portazo, agarró sus cosas de baño y se encerró en él antes de que Andreas pudiera seguirla.

¿Por qué estaba allí? ¿Por qué entonces? ¿Por qué no se había molestado en ponerse en contacto con ella durante tanto tiempo?

Cleo se metió en la ducha. Jamás podría olvidar aquellos días maravillosos en el paraíso. ¿A quién trataba de engañar?

Cuando regresó al dormitorio, se encontró con una tarjeta en el suelo. La habían pasado por debajo de la puerta.

Cena conmigo..., decía el mensaje, junto con una hora y un número de habitación. Durante un instante Cleo tuvo ganas de responderle con toda la rabia que había guardado durante esas semanas, pero entonces se lo pensó mejor.

¿Por qué no escucharle para ver qué tenía que decir? ¿Por qué no oír las excusas que iba a ofrecerle? Después de oír la sarta de mentiras que sin duda iba a decirle, le diría que saliera de su vida para siempre, de una vez y por todas.

No obstante, decidió no quedarse en el hotel por más tiempo, preguntándose qué estaba haciendo en su flamante habitación nupcial. Buscó a alguien que la llevara hasta la casa de su madre y pensó en pasar la tarde con ella, ayudándola a hacer la colada y los otros quehaceres domésticos. Sus medios hermanos la mantendrían distraída durante unas cuantas horas. Y su abuela también, con sus historias y anécdotas inacabables que tanto la hacían reír.

No le dijo nada de Andreas a su familia. No quería oír el mismo sermón de siempre de su abuela acerca de la esperanza al final del camino. Esa vez no había nada al final del camino. Muy pronto él se marcharía y ya no quedaría nada.

Su padrastro, Jack, se pasó por la casa a eso de las cuatro, para tomar el té. Su uniforme de trabajo estaba lleno de polvo y tenía el pelo pegado al cuero cabelludo con el sudor.

—Buenas tardes —dijo al tiempo que se dejaba caer sobre una silla.

La madre de Cleo preparó más té y cortó más trozos de tarta.

—Se ha armado una buena en el bar. Ese amigo tuyo, Cleo, ¿qué está haciendo aquí?

Tanto la madre de Cleo como su abuela se volvieron hacia ella al mismo tiempo.

—¿Qué amigo? —preguntaron a la vez.

—Un tipo rico, de Grecia, me parece. Ha venido a ver a nuestra Cleo.

La joven se volvió hacia él, con ojos incrédulos. ¿La había llamado «nuestra Cleo»? ¿De dónde había venido

eso? Él nunca había sido tan prolífico en términos afec-
tuosos.

Sin embargo, su familia estaba mucho más interesada en aquel hombre misterioso y empezaron a ase-
diarla con un bombardeo de preguntas que ella no quería contestar. Ellos sabían que lo de Kurt había salido
mal, pero no sabían nada acerca del hombre de Santorini. ¿Qué hacía su antiguo jefe en Kangaroo Crossing?
¿Por qué se había molestado en ir hasta allí?

Cleo esquivó sus preguntas lo mejor que pudo. Después de todo, ni ella misma conocía las respuestas. Pro-
metió explicárselo todo al día siguiente. Entonces él ya
se habría marchado y la novedad habría pasado a la historia.

Su padrastro se ofreció a llevarla de vuelta al pueblo,
pero lo que no podía imaginar era que terminaría llevándola de regreso al hotel. Cleo se dispuso a bajar del coche
a toda prisa y entonces una mano en el hombro la hizo
detenerse. Sobresaltada, se volvió hacia su padrastro.

–Cleo, sólo quería decirte una cosa... –le dijo, sin levantar la vista del volante–. Cierra la puerta, cielo –hizo
un gesto en dirección a los gamberros que estaban apar-
cados delante del bar, bebiendo cerveza–. Hay una ma-
nada de buitres en espera de un buen cotilleo que les
alegre sus tristes vidas.

Cleo hizo lo que le pedía.

–Sé que nunca hemos estado muy unidos. Sé que
nunca te he hecho sentir cómoda y querida. No debería
haberlo hecho, porque tú también eres mi familia. Me
alegré mucho cuando volviste. Tu madre se moría de
preocupación y... –suspiró–. Bueno, me alegró mucho
saber que estabas de vuelta en casa, sana y salva. Sólo
quería que supieras que si este tipo trata de aprove-
charse de ti, o si trata de hacerte daño, yo mismo me
ocuparé de hacerle morder el polvo –se volvió hacia
ella–. ¿Entendido?

Cleo lo miró con los ojos bien abiertos. Jack jamás había pronunciado un discurso tan largo en toda su vida. Llena de orgullo, lo rodeó con los brazos y le dio un efusivo abrazo.

—Muchas gracias, Jack —dijo y salió del coche antes de echarse a llorar.

Se vistió cuidadosamente, lo más elegante que pudo, dadas las limitaciones de su humilde armario. Una falda pareo, una camiseta de tirantes y unas sandalias de tacón mediano... Eso era lo mejor que tenía. Por lo menos todavía tenía el maquillaje que le habían dado en Londres para realzar sus ojos.

«No voy a seducirle, ni nada parecido», se dijo mientras se ponía la máscara de ojos. Sólo quería hacerle ver que era capaz de seguir adelante sin él.

Lista.

Se miró en el espejo por última vez, respiró hondo y se dirigió hacia las escaleras que conducían al piso superior. Tocó a su puerta y ésta se abrió inmediatamente. La estaba esperando.

—¿Qué estás haciendo aquí, Andreas? ¿Qué es lo que quieres? —le preguntó, sin rodeos.

Él la miró con ojos hambrientos.

—La cena está servida.

Ella no tuvo más remedio que entrar. Cerró la puerta y miró la mesa llena de manjares. Sin duda todo debía de oler muy bien. La gastronomía de la zona tenía muy buena fama en todo el país, pero en ese momento, ella sólo era capaz de sentir el aroma de él.

«Oh, no, Tengo que salir de aquí», se dijo.

—Andreas, yo... —le dijo de repente y dio media vuelta.

Él estaba junto a ella, demasiado cerca, tanto que casi chocaron.

Estiró una mano y la agarró de los hombros para que

no se cayera. Ella olvidó lo que iba a decir. La mano de él temblaba sobre su piel.

—Vamos —le dijo finalmente—. Siéntate.

Cleo obedeció y le observó mientras servía dos copas de vino.

—¿Cómo estás?

—Andreas, ¿podemos ir al grano, por favor? ¿Qué estás haciendo aquí?

Él respiró hondo y puso un sobre encima de la mesa.

—Te fuiste sin él.

Con manos temblorosas, la joven abrió el sobre y sacó un papel de dentro. Era un cheque, por un valor de un millón de dólares.

—Te fuiste sin tu dinero.

Ella se quedó mirando el cheque y de pronto sintió mareos. Entonces se trataba de eso. El hombre de negocios saldando cuentas pendientes... Por supuesto. ¿Qué otra cosa podía haber sido?

Sin dejar de mirarlo, volvió a meter el cheque en el sobre, cerró la solapa y lo rompió en pedazos.

—No quiero tu dinero —le dijo, levantándose de la silla con gesto impasible—. Así que... Si eso es todo...

Él se puso en pie rápidamente y le impidió el paso.

—¿Qué demonios te pasa? Teníamos un trato. El dinero te pertenece. Te lo has ganado.

—No. No es así. Me marché antes de que terminara el contrato. Pero, aunque me hubiera quedado hasta el final, no habría aceptado tu dinero. No quiero nada de ti. ¿Es que no lo entiendes?

El rostro de Andreas se tornó serio y sombrío. Era evidente que no estaba acostumbrado a que le llevaran la contraria.

—Yo pago mis deudas, Cleo. Teníamos un contrato y...

Ella sintió ganas de gritar.

—¡No quiero tu dinero! ¡No vas a conseguir empañar

aquellos días que pasé contigo, haciéndome sentir como una fulana de lujo!

–¡Yo nunca he pensado nada parecido de ti!

–¿No? Bueno, Petra sí que lo pensaba. Encontró el contrato en tu dormitorio y me dejó muy claro lo que pensaba de mí. ¿Acaso no te acuerdas de Petra, la madre de tu hijo?

–No tienes que recordármela –dijo él, apretando los dientes–. Petra fue la mujer que te apartó de mí.

–Ella no te apartó de mí. Eso lo hiciste tú solo, cuando la dejaste embarazada y me usaste para deshacerte de ella. ¿Cómo crees que me sentí cuando lo supe? ¡Saber que tu antigua amante llevaba a tu hijo en su vientre durante todo el tiempo que estuve en tu cama!

–¡Ella nunca fue mi amante y nunca llevó a mi hijo en su vientre!

Cleo se sintió como si acabaran de cortarle las alas.

–¿Qué? –preguntó, desconcertada–. Ella estaba embarazada. Me lo dijo muy claro... Y también me dijo que me estabas pagando para humillarla.

Andreas se pasó una mano por el cabello.

–Nos acostamos. Una vez. Fue un error y yo se lo dejé claro, pero ella conoce muy bien a mi madre y sabe que lo que más desea es tener nietos. Hace poco nos dio un susto con un problema en el pecho y lleva bastante tiempo preocupada, pensando que no voy a decidirme nunca a tener hijos. Petra tiene mucha confianza con ella y lo sabía todo muy bien, así que decidió sacar la artillería pesada para quitarme de en medio. Fingió un embarazo para atraparme en sus redes.

–Pero estaba enferma, mareada...

–Todo era una farsa. Puro teatro con el fin de engañar a todo el mundo.

Cleo no podía creérselo. Era demasiado. Además, había muchas otras cosas que aún no habían cobrado sentido.

La misma Petra le había contado que su madre estaba deseando tener nietos y, aquella vez, cuando le había dicho que le había bajado el periodo, él no había reaccionado precisamente bien.

Tragó en seco.

—¿Es por eso que has venido? ¿Porque necesitas tener un hijo y crees que yo puedo dártelo?

—¿Qué? Cleo, ¿de qué estás hablando?

—Querías que me quedara embarazada, ¿no? Aquel día parecías muy decepcionado porque no lo estaba. Fue justo después de ir a ver a tu madre, ¿verdad? Entonces te dijo que quería tener nietos.

Él dio un paso adelante, sabiendo que el puente que había entre ellos era mucho más frágil de lo que pensaba en un principio.

—Cleo...

—Y entonces me pediste que me quedara más tiempo y me ofreciste más dinero. ¿Por qué ibas a hacer algo así si no tenías pensado intentar dejarme embarazada?

—Las cosas no fueron así —dijo Andreas, consciente de que ella tenía razón. ¿Acaso no habían sido ésas sus intenciones? ¿Hacer que se quedara y dejarla embarazada? ¿Para complacer a su madre?

—Pero entonces descubres que Petra estaba fingiendo y te presentas aquí.

—¡No! Admito que... —dio media vuelta y se pasó ambas manos por el cabello, desesperado—. Sí. Admito que tenía la esperanza de que estuvieras embarazada. En ese momento era la opción más fácil y satisfactoria. Admito que quería que te quedaras porque pensaba que podría dejarte embarazada, pero ésa no es la razón por la que estoy aquí hoy. No he venido buscando un hijo, Cleo. He venido por ti.

Ella levantó la barbilla. Sus ojos estaban llenos de lágrimas.

—¿Y tú esperas que me crea eso?

–Cleo, sé que no me merezco tu confianza. Sé que soy la última persona que se la merece, pero en ese vuelo a Londres, cuando te dejé atrás, me di cuenta de algo. Me di cuenta de que te deseaba por encima de todas las cosas. Me di cuenta de que quería casarme contigo. Así que hice dar media vuelta al avión y volví a casa.

Cleo se puso pálida y hundió las uñas en el respaldo de la silla.

–¿Pero no es lo mismo? De repente quieres casarte conmigo para tenerme cerca y conseguir ese hijo que tanto quieres.

Él apretó la mandíbula. No tenía más remedio que asentir,

– De acuerdo. Eso también se me pasó por la cabeza, al principio. No estoy orgulloso de ello. Pero entonces llegué a casa y supe que te habías marchado. Iba a ir a buscarte cuando Petra me dijo que estaba embarazada, y así supe que no tenía elección excepto dejarte marchar.

Estiró las manos en un gesto de súplica.

–¿Tienes idea de lo mal que lo pasé? Tener que asumir una responsabilidad que no quieres, sabiendo que tu corazón está en otra parte, aunque no entiendas por qué.

Cleo volvió a tragar con dificultad.

–Bueno, señor Xenides, ¿dónde estaba su corazón?

Él respiró hondo.

–Una vez me dijiste que me querías.

–Sólo fue una forma de hablar.

–Eso me dijiste entonces. Sin embargo, esta vez te prometo, aunque corra el riesgo de llevarme la humillación más grande de toda mi vida, que mi declaración no lo será –la miró a los ojos y vio sospecha en su mirada. Sin embargo, en un profundo rincón de sus pupilas aún había un atisbo de esperanza–. Te quiero, Cleo. No sé cuándo ocurrió, ni cómo ni por qué me llevó tanto tiempo darme cuenta de que ésa era la razón por la que no podía dejarte marchar. Y probablemente nunca puedas perdonarme por la forma en que te traté y por haber estado tan ciego durante tanto tiempo, pero te suplico que lo hagas. Perdóname, Cleo, porque te amo. Y tenía que venir para pedirte, suplicarte si es preciso, que te cases conmigo.

El tiempo se detuvo. Se oían gritos provenientes de la entrada del bar.

Fuera todo era lo mismo, pero dentro de ella todo era diferente. Era como si alguien hubiera tomado los pedazos de su corazón y los hubiera pegado de una forma inesperada y extraña.

—Cleo, por favor, dime algo.

La joven parpadeó, volvió a la realidad.

No era un sueño. Andreas realmente estaba allí.

—¿A mí? ¿Me quieres?

¿A Cleo Taylor, la fracasada, la chica de la limpieza...?

Una burbuja de esperanza creció en su interior.

—¿Quieres casarte conmigo?

Él la estrechó entre sus brazos y trató de calmar lo temblores que sacudían su pequeño cuerpo.

—Y bebés también —le dijo en un tono distraído, como si no acabara de aterrizar sobre la verdad—. Supongo que quieres bebés —añadió, sintiendo los poderosos latidos de su corazón contra el pecho.

Él se detuvo un instante y la apartó de él para mirarla a los ojos.

—Ahora mismo, lo único que quiero eres tú. Te amo, Cleo. Y si nunca tenemos un niño, no importa. Mi madre tendrá que entenderlo. Porque tú eres lo único que quiero. Nada más.

Ella rompió a llorar.

—Entonces soy toda tuya, Andreas.

Él pareció titubear un instante.

—¿Eso es un «sí»?

Ella le rodeó el cuello con ambos brazos y se aferró a él con entusiasmo.

—¡Sí! Porque te quiero, Andreas. ¡Te quiero tanto!

Él la besó nuevamente. La tomó en brazos y la llevó a la cama de matrimonio; la cena olvidada.

Después, mucho después, cuando el fragor de la pasión remitió durante un rato, se despertaron de un sueño exquisito.

—Te he traído algo —dijo él, acariciándole la mejilla. Se sacó una cajita pequeña del bolsillo de la chaqueta.

Encendió una luz y le mostró un hermoso colgante. Una forma geométrica de oro macizo típicamente griega alrededor de una preciosa gema del azul más intenso.

—Lo compré en Fira —le dijo, poniéndole la cadena—. Para ti. Creo que simboliza muy bien lo nuestro —dijo, deslizando un dedo sobre el marco de oro—. Esto es griego, mientras que el centro, el corazón, es un ópalo australiano. Al igual que tus ojos, encierra todos los matices del cielo y del mar.

—Es precioso —dijo ella, tomando el colgante con ambas manos.

—Tú y yo —dijo él—. Grecia y Australia, juntas.

Se besaron y se abrazaron con adoración.

—Hay algo que aún sigo sin entender —murmuró ella un rato después, acurrucada contra él.

—¿Qué?

—Dices que hiciste que el avión diera la vuelta. ¿No llegaste a ir a Londres? Pensaba que tenías que ir para no perder el trato del hotel o algo así.

Él dejó de acariciarle el pelo un instante.

—Era importante, como dices tú. Pero de repente dejó

de tener relevancia para mí. De pronto dejó de importarme saldar cuentas con Darius, o con Demetrius, como tú lo conocías.

–¿Y entonces qué pasó?

Él se encogió de hombros.

–Lo último que supe es que estaba de vuelta en el hotel. Seguramente seguirá perdiendo dinero a puñados a manos de su contable.

–¿Dejaste escapar la oportunidad? –preguntó ella, sorprendida–. Pensaba que lo odiabas a muerte.

Él suspiró.

–Y así era. Pero ya no.

Confusa, Cleo le acarició el pecho y siguió descendiendo rumbo a su ombligo.

–¿Pero por qué? ¿Qué hizo para merecer tanto odio por tu parte?

–¿Acaso importa?

–Tengo que saber con qué clase de hombre me voy a casar. Entonces parecías tan implacable, tan cruel –dijo ella, estremeciéndose.

Él la atrajo hacia sí y empezó a acariciarle un pezón.

–Hace mucho tiempo era el socio de mi padre. Pusieron en marcha un buen negocio juntos y todo parecía ir bien. Sin embargo, mucho tiempo antes Darius le había pedido a mi madre que se casara con él, mucho antes de que mi padre se casara con ella. Parece que nunca le perdonó que se llevara a la chica, así que se tomó su tiempo para llevar a cabo su venganza y esperó a que el negocio estuviera en pleno apogeo. Buscó la oportunidad perfecta y se llevó todo el dinero que pudo. Nos dejó sin nada. Mi padre murió apenas un año después. Estaba roto por dentro. Y yo juré sobre su tumba que saldaría las cuentas con Darius, algún día.

–Oh –exclamó Cleo, sintiendo cómo se tensaban sus músculos–. Lo entiendo –añadió, acariciándole el vientre y buscando su miembro palpitante más abajo–. Ahora entiendo por qué tenías que hacer lo que hiciste.

Él giró sobre sí mismo y se puso encima.

–Pero eso ya es pasado –le dijo, besándola en el cuello y metiéndose entre sus piernas–. Ahora ya no importa. Mi madre trató de hacérmelo ver, pero fuiste tú quien me hizo comprenderlo finalmente.

Ella sacudió la cabeza al tiempo que él le lamía los pezones.

–¿Cómo? –le preguntó, pero entonces vio el paquete de preservativos que tenía en la mano–. No. Esta vez quiero sentirte dentro de mí. Piel contra piel.

Él arrojó a un lado el envase y la besó con desenfreno.

Ella exhaló con fuerza al sentir su miembro viril, abriéndose paso con una embestida suave y directa. Y entonces él empezó a moverse sutilmente, generando una exquisita fricción que lanzaba descargas de placer que la recorrían de pies a cabeza.

–Durante mucho tiempo –murmuró él con la voz entrecortada–. He mirado hacia el pasado. Pero cuando estoy dentro de ti... –se detuvo un instante y le acarició la cara con las yemas de los dedos–. En ti, encontré algo distinto. En ti encontré mi futuro. Te amo, Cleo –dijo y volvió a empujar, gritando con todo su ser: un grito de libertad que los llevaba hacia el futuro...

Epílogo

SU MADRE estaba colgando unas sábanas en el tendedero, y su abuela estaba sentada a la sombra de un viejo árbol. El coche de Andreas se detuvo frente a la casa a primera hora de la mañana. Cleo les había dicho que se iban a pasar por allí, pero su madre se llevó una gran sorpresa aun así. Los gemelos salieron corriendo de un lado de la casa, jugando a los soldados con unas pistolas improvisadas con palos y gomas elásticas.

Cuando vieron el flamante deportivo de Andreas se quedaron de piedra.

−¡Vaya! −exclamaron al unísono−. ¿Ése es tu coche?

Andreas esbozó una sonrisa de oreja a oreja, se quitó las gafas y sacudió la cabeza.

−Por desgracia no, es un coche de alquiler.

Los chicos lo miraban con la boca abierta.

−Pero yo tengo uno mucho mejor en Santorini.

−¡Wow! −exclamaron de nuevo, dado vueltas alrededor del coche.

−Más tarde os llevaré a dar un paseo. Si queréis, claro.

Sus ojos se iluminaron rápidamente.

−¡Genial!

Cleo se rió, viéndole charlar con los niños. ¿Cómo podía conocerlos tan bien si apenas había tratado con niños en toda su vida? Iba a ser un padre estupendo.

Lo tomó de la mano y lo llevó ante su madre.

−Mamá, abuela, me gustaría presentaros a Andreas Xenides, el hombre al que amo. El hombre con el que me voy a casar.

—Si usted me da la mano de su hija, y usted la de su nieta, claro —dijo Andreas, dándoles la mano a las dos señoras con una efusiva sonrisa.

—Oh, Dios mío —exclamó la madre de Cleo, cambiando su mirada preocupada por una sonrisa—. ¡Jack!

Su marido no tardó en salir por la puerta.

—Jack, ven a conocer a Andreas. ¡Cleo se va a casar!

Jack se tomó su tiempo, sin dejarse impresionar. Fue hacia ellos con su paso tranquilo de siempre y se detuvo a un metro de Andreas, con el gesto serio.

—Señor Xenides —dijo, extendiéndole la mano—. Soy Jack Carter.

—Llámeme Andreas, señor Carter.

Él asintió.

—Andreas, muy bien. Llámame Jack, por favor. Creo que has armado un buen lío en el pueblo con ese coche impresionante. Y ahora me entero de que te quieres casar con Cleo.

Andreas sonrió.

—Así es, si tú me lo permites, claro.

Jack se volvió hacia Cleo.

—¿Eso es lo que quieres, cariño?

Cleo lo miró con ojos radiantes y agradecidos.

—Eso es lo que más deseo, pero con una condición.

—¿Qué condición? —preguntó su padrastro, sin entender muy bien.

—Que me lleves ante el altar y me entregues a mi futuro esposo.

Los ojos de Jack se llenaron de lágrimas.

—Bueno... —dijo su madre, entre sollozos, tratando de llenar el silencio que había dejado su marido—. Os vais a quedar a comer, ¿no? Estoy asando cordero.

Y se quedaron. Más tarde Andreas llamó a su madre. En Atenas era por la mañana.

—Tengo una sorpresa para ti, madre —le dijo.

—Vas a casarte con la chica australiana.

Andreas se quedó perplejo.

—¿Lo sabías?

Ella se echó a reír.

—¿No te lo dije en una ocasión? A veces no sabes lo que tienes hasta que lo pierdes.

Andreas se rió.

—Es cierto. Me lo dijiste.

Después del postre, llevó a dar un paseo a los gemelos.

—¿Te vas de nuevo? —le preguntaron los chicos a Cleo al regresar, algo tristes y desanimados.

Su abuela asintió con la cabeza, como siempre hacía.

—Siempre hay algo mejor al final del camino, chicos. Podréis visitar a Cleo y a Andreas en Santorini, y dar paseos en su coche siempre que queráis. ¿No es así, Andreas?

Andreas asintió con la cabeza y Cleo se rió a carcajadas. Por primera vez en su vida sabía que había algo más que esperanza al final del camino.

Había amor.

¿Acaso existía algo mejor?

Casada por una venganza...

El príncipe Gerd Crysander-Gillan estaba encaprichado de la bella Rosie Matthews desde hacía tiempo. Pero tres años antes, su deseo se había convertido en rabia cuando descubrió que Rosie parecía preferir a su hermano.

Ahora, Gerd se había convertido en Jefe de Estado del Gran Ducado de Carathia y necesitaba una princesa. La candidata más obvia era Rosie, que le ofrecía la ocasión perfecta para vengarse por una herida que nunca había llegado a sanar.

Pero cuando se acostó con ella, se llevó una sorpresa: Rosie seguía siendo virgen...

Un príncipe enamorado
Robyn Donald

Un príncipe enamorado

Robyn Donald

Deseo™

El objeto de su deseo

BRENDA JACKSON

Callum Austell, atractivo propietario
de un rancho en Australia, llevaba mucho tiempo esperando a que llegara el
momento oportuno para conseguir a
la mujer de su vida. Y ese momento,
por fin, había llegado. Al aceptar el
trabajo de decoradora de su nueva
casa, Gemma Westmoreland tendría
que viajar con Callum a su país. Y, una
vez en su territorio, el australiano sabía que ella no tardaría en caer en sus
redes. Pero Gemma no era una presa
fácil. Si el millonario quería conseguir
su objetivo, como era habitual en él,
tendría que pronunciar primero las fa-
mosas dos palabras...

*Conseguiría su deseo más profundo con un
plan de seducción*

Su matrimonio sólo fue una ilusión…

Cuando Sienna conoció al atractivo hombre de negocios Adam Bannerman, tuvo la certeza de haber encontrado el verdadero amor. Pero Adam estaba obsesionado con el trabajo y su turbulento matrimonio se rompió antes de que Sienna pudiera anunciar que estaba embarazada.

Ahora que el pequeño estaba enfermo, Sienna creyó que Adam debía saber la verdad. Al encontrarse volvieron a saltar las chispas, pero también afloraron los secretos que los mantenían separados. ¿Podía Sienna poner su corazón en peligro una segunda vez y dejar que Adam la sedujera para llevarla de nuevo a la cama?

Una segunda vez

Margaret Mayo